いつだって僕《ぼく》らの恋《こい》は10センチだった。

HoneyWorks《ハニーワークス》・原案

香《こう》坂《さか》茉《ま》里《り》・作

「僕《ぼく》10」製《せい》作《さく》委《い》員《いん》会《かい》・カバー絵

モゲラッタ／ろこる・挿絵

角川つばさ文庫

もくじ
Contents

国際映画祭受賞
未来
夢
目標
学校の先生になる
教員免許
長身イケメン

いつだって僕《ぼく》らの恋《こい》は10センチだった。

We have always been 10 cm apart.

キャラクター紹介《しょうかい》 Characters

ひっこみじあんながんばりやさん。あと一歩《いっぽ》ふみ出《だ》す勇気《ゆうき》がほしい！

合田美桜《あいだみおう》

学校《がっこう》の先生《せんせい》。白衣《はくい》がにあう。

明智咲《あけちさく》

いつもいっしょに帰《かえ》る仲《なか》

芹沢春輝《せりざわはるき》

映画《えいが》がだいすきで、ばつぐんのセンスがある。みんなの注目《ちゅうもく》のまと！

兄弟《きょうだい》

親友《しんゆう》

芹沢千秋《せりざわちあき》

春輝《はるき》のお兄《にい》さん。映画《えいが》がすき。

美《び》術《じゅつ》部《ぶ》
美桜《みおう》の友《とも》だち。
恋《こい》にあこがれはあるけど、
ちょっとどんかん。
早《はや》坂《さか》あかり
榎《えの》本《もと》夏《なつ》樹《き》
美桜《みおう》の友《とも》だち。
元気《げんき》いっぱいの
女《おんな》の子《こ》！
告白《こくはく》した！
…はずが？
いいひと
だいすき！
気《き》になる
幼《おさな》なじみ
望《もち》月《づき》蒼《そう》太《た》
瀬《せ》戸《と》口《ぐち》優《ゆう》
春輝《はるき》の幼《おさな》なじみ。愛《あい》されキャラで
よくイジられている。
春輝《はるき》の幼《おさな》なじみ。だれに
でもやさしくてモテる。
映《えい》画《が》研《けん》究《きゅう》部《ぶ》

プロローグ

立《た》ちどまったオレ《明智咲《あけちさく》》は、学校《がっこう》の桜《さくら》の木《き》を見《み》あげる。

季節《きせつ》はもう、夏《なつ》。春先《はるさき》には薄《うす》ピンク色《いろ》の花《はな》をつけていた桜《さくら》も、青々《あおあお》と葉《は》を生《お》いしげらせて、まぶしい日《ひ》ざしをさえぎっていた。

「冬《ふゆ》ごもり　春咲《はるさ》く花《はな》を　手折《たお》り持《も》ち　千《ち》たびの限《かぎ》り　恋《こ》ひわたるかも」

ふと思《おも》いだした歌《うた》を口《くち》にしてから、歩《ある》きだす。

また、今年《ことし》も季節《きせつ》がめぐっていく。

けれど、『彼《かれ》ら』にとっては高校《こうこう》三年《ねん》でむかえる季節《きせつ》は一度《いちど》きりだ。一度《いちど》きりの、かけがえのない時間《じかん》。

あのころの『オレたち』が、そうであったように――。

春《はる》輝《き》と美《み》桜《おう》のはなし◆◆◆授業中《じゅぎょうちゅう》

「これは万葉集《まんようしゅう》におさめられている柿本人麻呂《かきのもとのひとまろ》の歌《うた》です。桜《さくら》の花《はな》を手《て》に握《にぎ》りしめ、何度《なんど》もあなたを思《おも》う……という恋心《こいごころ》が歌《うた》いあげられています」

古文《こぶん》の教科書《きょうかしょ》を手《て》した咲兄《さくにい》が、教室《きょうしつ》を歩《ある》きまわりながら眠《ねむ》たくなるような声《こえ》で説明《せつめい》する。

咲兄《さくにい》は古文《こぶん》の教師《きょうし》で、オレ《芹沢春輝《せりざわはるき》》がはいっている映画研究部《えいがけんきゅうぶ》の顧問《こもん》でもある。

古文《こぶん》の教師《きょうし》のくせに、なんでかいつも白衣《はくい》着《き》てんだよ……。

理由《りゆう》は、子《こ》どものころから咲兄《さくにい》のことを知《し》っているオレでもわからない。

「万葉集《まんようしゅう》は七世紀前半《せいきぜんはん》から八世紀後半《せいきこうはん》にかけて編《あ》まれたもので、現存《げんぞん》する日本最古《にほんさいこ》の和歌集《わかしゅう》です」

咲兄《さくにい》は小難《こむずか》しい解説《かいせつ》をつづけているけれど、昼休《ひるやす》みが終《お》わったばかりだから、生徒《せいと》の半分《はんぶん》はまじめにきいていない。

オレも、映画制作《えいがせいさく》のためのシナリオや絵《え》コンテを机《つくえ》に広《ひろ》げて、ガリガリ指示《しじ》を書《か》きこんでいた。

映画研究部《えいがけんきゅうぶ》では、いままさに映画制作《えいがせいさく》の真《ま》っ最中《さいちゅう》。しかも、進行《しんこう》はかなり遅《おく》れているから、授業時間《じゅぎょうじかん》も活用《かつよう》しないと間《ま》にあわないってわけだ。

あーっ、クソッ。終《お》わらね―――っ!!!

心《こころ》のなかでぼやきながら作業《さぎょう》に没頭《ぼっとう》していると、パシッと教科書《きょうかしょ》で叩《たた》かれた。

「って!」

オレは頭《あたま》を押《お》さえて、そばに立《た》っている咲兄《さくにい》をにらむ。

「芹沢春輝《せりざわはるき》クン! 内職《ないしょく》やるなら、見《み》つからないようにやんなさい」

咲兄《さくにい》があきれ顔《がお》で注意《ちゅうい》すると、クスクス笑《わら》う声《こえ》が教室《きょうしつ》に広《ひろ》がった。

「だって授業《じゅぎょう》がつまんねーから。古文《こぶん》って、やる意味《いみ》あんの?」

「それは受《う》けとりかた次第《しだい》だね。古文《こぶん》は昔《むかし》の人《ひと》の想《おも》いでできています。千年以上前《ねんいじょうまえ》からくりかえされる人《ひと》の想《おも》いは、いまもかわらないことを教《おし》えてくれる」

咲兄《さくにい》は教師《きょうし》ぶって――って教師《きょうし》なんだけど――そんなお説教《せっきょう》をしてくる。

オレは意味《いみ》がよくわからなくて、「はあ」と適当《てきとう》な返事《へんじ》をした。

昔《むかし》の人《ひと》の想《おも》いとかわらないからって、それがなんなんだ?

関係《かんけい》ねーじゃん。オレはオレだし。いまはいまだろ?

「いまはピンとこなくても、迷《まよ》いなやんだ時《とき》、役《やく》にたつ時《とき》がくるかもしれない。というわけで、教科書《きょうかしょ》ひらいて」

オレはしぶしぶ「はーい」と返事《へんじ》をして、いちおう教科書《きょうかしょ》だけはひらく。

咲兄《さくにい》が立《た》ちさると、さっそくその教科書《きょうかしょ》を机《つくえ》のすみに追《お》いやってから作業《さぎょう》をつづけた。


このときオレは気《き》づいていなかった。

当《あ》たり前《まえ》にすごしているこの毎日《まいにち》に、終《お》わりがあることを。


午後《ごご》からの授業《じゅぎょう》。わたし《合田美桜《あいだみおう》》は先生《せんせい》の声《こえ》をききながら、教室《きょうしつ》にはいりこんだ風《かぜ》につられて外《そと》を見《み》る。

誰《だれ》かが言《い》った。人生《じんせい》は一つの物語《ものがたり》だと。

何気《なにげ》なくすぎている毎日《まいにち》が、二度《にど》とこないかけがえのない時間《じかん》なのだと。

『今日《きょう》という一ページが、かさなって……』

いつものように春輝《はるき》くんといっしょに帰《かえ》る通学路《つうがくろ》。
高台《たかだい》の階段《かいだん》に座《すわ》って、わたしはおしゃべりをつづける。
おたがいの距離《きょり》は一年生《ねんせい》のころから同《おな》じ。少《すこ》しだけあいたまま。
わたしは楽《たの》しそうに話《はな》しつづけている春輝《はるき》くんの横顔《よこがお》を、こっそり見《み》つめた。

部活《ぶかつ》が終《お》わり、オレ《春輝《はるき》》は廊下《ろうか》に出《で》る。
ふと顔《かお》をあげると、美桜《みおう》と目《め》があった。
美桜《みおう》はフワッと、いつものように柔《やわ》らかい笑《え》みを浮《う》かべる。

『この一シーンが、つながって……』

帰《かえ》り道《みち》に、高台《たかだい》に立《た》ちよって、オレたちは階段《かいだん》に座《すわ》りながら話《はな》しつづけた。
少《すこ》しだけあいた、オレたち二人《ふたり》の距離《きょり》。

『ストーリーになる。一分《ぷん》、一秒《びょう》、いま、この瞬間《しゅんかん》も』

第《だい》一章《しょう》

春輝《はるき》のはなし◆◆◆放課後《ほうかご》の部室《ぶしつ》と裏庭《うらにわ》

授業《じゅぎょう》が終《お》わると、オレ《春輝《はるき》》はいつものように映画研究部《えいがけんきゅうぶ》の部室《ぶしつ》にむかった。

三年生《ねんせい》のメンバーはオレと幼《おさな》なじみの二人《ふたり》。**望月蒼太《もちづきそうた》**と、**瀬戸口優《せとぐちゆう》**だ。

オレたちがこの部《ぶ》を立《た》ちあげた時《とき》には三人《にん》きりだったけど、いまは一年《ねん》と二年《ねん》も加《くわ》わって、けっこうにぎやかになっていた。


「告白《こくはく》は、しない」

イスに座《すわ》ったまま、オレはもちた《望月蒼太《もちづきそうた》》にむかってきっぱり言《い》った。でも、もちたは納《なっ》得《とく》いかない顔《かお》で、「なんで?」とききかえしてくる。

「セリフで説明《せつめい》するとか、ダサいだろ」

オレは机《つくえ》に投《な》げていた脚本《きゃくほん》に目《め》をやる。

いまつくっている映画《えいが》は恋愛《れんあい》もので、そのなかで告白《こくはく》させるか、させないかで、オレともちたの意見《いけん》が対立《たいりつ》していた。もちたは告白《こくはく》させたいらしいけど、オレは却下《きゃっか》した。それが気《き》にいらないってわけだ。

意見《いけん》が食《く》いちがうことは、べつにめずらしいことじゃない。ただ、もちたがガンコになるのは、ちょっとめずらしい。それだけ、こだわってるってことか。でも、それに関《かん》してはオレも同《おな》じだ。

「でも一番大事《いちばんだいじ》な想《おも》いは、言葉《ことば》にしないと伝《つた》わらないよ!?」

もちたは、ムゥという顔《かお》になっている。

片想《かたおも》い中《ちゅう》の**早坂《はやさか》あかり**の前《まえ》じゃ、真《ま》っ赤《か》になってオタオタするばかりのくせに。

現実《げんじつ》じゃできないから、せめて作品《さくひん》のなかでかなえたいって気持《きも》ちはわからないでもないけどな。

「好《す》きだの愛《あい》してるだの言《い》わないからこそ、グッとくるんだって」

「ここは絶対《ぜったい》セリフとしてきかせたほうがいいよ！　ヒロインの胸《むね》に彼《かれ》の言葉《ことば》が残《のこ》るように！」

一歩《いっぽ》も引《ひ》かないとばかりににらみあうオレたちを、後輩《こうはい》がオロオロと見守《みまも》っていた。

この空気《くうき》のなかで、とめにはいるような勇敢《ゆうかん》なやつは……。


「ストップ」

パソコン作業《さぎょう》をしていた同《おな》じ三年《ねん》の優《ゆう》が、立《た》ちあがってオレともちたのあいだに割《わ》ってはいってきた。

「春輝《はるき》、もちた、そこまで。ラストをどうするかはひとまずおいといて、今日《きょう》は快晴《かいせい》、風《かぜ》なしの撮影《さつえい》びよりだ。撮《と》れるシーンを撮《と》りすすめるのがいいと思《おも》う。反対意見《はんたいいけん》は？」

このまま、もちたと言《い》いあっていてもしかたない。スケジュールも押《お》してるし。

オレが「なし」と答《こた》えると、もちたも「同《おな》じく」と賛同《さんどう》する。

「よし。みんな、撮影準備《さつえいじゅんび》だ」

優《ゆう》が指示《しじ》を飛《と》ばすと、後輩《こうはい》たちがホッとしたような顔《かお》をしてから、「はい！」と返事《へんじ》した。


映画研究部《えいがけんきゅうぶ》の部員《ぶいん》みんなで、機材《きざい》や小道具《こどうぐ》を外《そと》に運《はこ》びだす。

春《はる》には花《はな》を咲《さ》かせていた桜《さくら》も、いまは他《ほか》の木々《きぎ》にまぎれて、葉《は》をしげらせていた。

「あ、そういえば優《ゆう》、ヒロイン役《やく》の子《こ》に連絡《れんらく》は？」

「朝《あさ》、声《こえ》かけといた。もうすぐ来《く》るだろ」

「さすがプロデューサー！」


もちたと優《ゆう》の話《はなし》をきき流《なが》しながら、オレは指《ゆび》で四角《しかく》いフレームをつくる。

カメラのアングルをさがしていると、ふとそのなかに女子《じょし》たちの姿《すがた》がはいった。美術部《びじゅつぶ》の部員《ぶいん》たちだ。写生中《しゃせいちゅう》らしく、熱心《ねっしん》に描《か》いている。

オレは美桜《みおう》を見《み》つけて、その姿《すがた》をフレームのなかに固定《こてい》した。
美桜《みおう》と出会《であ》ったのも、桜《さくら》の木《き》の下《した》だったよな……。

あれは一年生《ねんせい》の春《はる》、入学式《にゅうがくしき》の日《ひ》だった――。
桜《さくら》も満開《まんかい》で、花《はな》びらが風《かぜ》に舞《ま》っていた。
オレは受付《うけつけ》でコサージュをもらってから一人《ひとり》はなれて、この裏庭《うらにわ》に足《あし》を運《はこ》んだ。
いつものくせで、撮影《さつえい》に使《つか》えそうな場所《ばしょ》をさがして歩《ある》いていたんだ。
ひときわ大《おお》きくて立派《りっぱ》な桜《さくら》の木《き》を見《み》つけて、『お』と声《こえ》をもらす。
『おお～』
どの角度《かくど》で撮影《さつえい》するのが、一番《いちばん》いいんだろうな。
そんなことを考《かんが》えていると、指《ゆび》フレームに女子《じょし》の姿《すがた》がはいる。
彼女《かのじょ》はヒラヒラと舞《ま》う花《はな》びらのなかに一人《ひとり》たたずんで、枝《えだ》を見《み》あげていた。

ああ、きれいだな……。

あまりに絵《え》になっていて、オレは目《め》をはなせなかった。

手《て》にカメラがないことを、もったいないと思《おも》うくらいに、それは本当《ほんとう》に……。


その子《こ》があんまり熱心《ねっしん》に見《み》つめているから、ふと気《き》になって指《ゆび》フレームをといて歩《あゆ》みよった。

うしろに立《た》って、彼女《かのじょ》の視線《しせん》の先《さき》をたどるように見《み》あげていると、彼女《かのじょ》が気《き》づいて『きゃ!?』と、声《こえ》をあげる。

『あ、あの……?』

『なに見《み》てんの?』

オレがたずねると、彼女《かのじょ》は『え?』とききかえした。

『さっきからずっと見《み》てるじゃん。なにが見《み》えるのかなーと思《おも》って』

『……えっと……桜《さくら》の色《いろ》』

『色《いろ》?』

思《おも》いがけない答《こた》えだった。ふつうなら、花《はな》びらとか答《こた》えるところだろう。

興味《きょうみ》をひかれて、オレは彼女《かのじょ》の顔《かお》をまじまじと見《み》つめた。

『桜《さくら》の花《はな》びらって一つ一つは同《おな》じ色《いろ》なんだけど、光《ひかり》や風《かぜ》や空《そら》の色《いろ》がかさなって、色《いろ》がかわって見《み》えるの。それがすごくきれいで……』

『へえ』

彼女《かのじょ》が桜《さくら》の木《き》を見《み》あげたから、オレもつられて枝先《えださき》についている薄紅色《うすべにいろ》の花《はな》に目《め》をやった。

ああ、ほんとだ……光《ひかり》のかげんで白《しろ》っぽく見《み》えたり、ピンク色《いろ》に見《み》えたり。気《き》づかなかった。

同《おな》じ色《いろ》に見《み》えても、全部《ぜんぶ》、ちがうんだ。

すげーな、この子《こ》。そんなふうに見《み》てたんだ。

『……新入生《しんにゅうせい》？』

オレの制服《せいふく》の胸《むね》のコサージュを見《み》て、彼女《かのじょ》がきく。彼女《かのじょ》の胸《むね》にも同《おな》じものがつけられていた。

『ああ。そっちも？』

『あ、はい、合田美桜《あいだみおう》です』

同《おな》い年《どし》なのに敬語《けいご》で答《こた》える彼女《かのじょ》がおかしくて、オレはかすかに笑《わら》った。

『みおう？　どういう字《じ》？』

『美《うつく》しい桜《さくら》って書《か》いて、みおう』

『オレは芹沢春輝《せりざわはるき》。春《はる》が輝《かがや》く』

オレが名《な》のると、彼女《かのじょ》がふと気《き》づいたようにこっちを見《み》る。

『もしかして、誕生日《たんじょうび》、春《はる》？』

『ああ、四月五日《がついつか》。美桜《みおう》も？』

自然《しぜん》と名前《なまえ》のほうが口《くち》から出《で》ていた。それが、彼女《かのじょ》にはあまりに似合《にあ》っていたからだろう。急《きゅう》に呼《よ》ばれた美桜《みおう》は、少《すこ》しびっくりした顔《かお》をする。

『うん、三月二十日《がつはつか》』

『わかりやすい名《な》づけだよな』

オレが笑《わら》うと、美桜《みおう》の口《くち》もともほころぶ。

フワッと小《ちい》さなつぼみが花《はな》ひらくような、そんな笑《え》みだった。

『ホント。でも春輝《はるき》っていい名前《なまえ》だね』

『美桜《みおう》もな』

おたがいにちょっと照《て》れくさくて、降《ふ》ってくる花《はな》びらに目《め》をやった。

『きれい……』

『ああ』

目《め》を細《ほそ》めた美桜《みおう》の横顔《よこがお》に、オレはひそかに目《め》をやる。

それがオレたちの出会《であ》い。オレは咲《さ》きほこる桜《さくら》の木《き》の下《した》で彼女《かのじょ》を見《み》つけたんだ……。

オレは指《ゆび》フレームごしに、美桜《みおう》を見《み》つめる。

ときおり視線《しせん》をあげて、どこかを見《み》つめている彼女《かのじょ》の姿《すがた》に、オレはふっと笑《え》みをこぼした。

今日《きょう》はなに見《み》てんだか……。

「なーにニヤけてんの？」

もちたがそばにやってきてたずねる。優《ゆう》もいっしょだった。

「！　べつに」

オレはさりげなく視線《しせん》をそらして、移動《いどう》しようとした。

美桜《みおう》の姿《すがた》に気《き》づくと、もちたがニンマリと笑《え》みをつくる。

「……フッ。気《き》がつけば、いつもその子《こ》を目《め》で追《お》っている……それは恋《こい》の始《はじ》まりだ。その子《こ》のことを想《おも》うとドキドキして、願望《がんぼう》があふれてくる。あの子《こ》と話《はな》したい、近《ちか》づきたい、ふれたい、抱《だ》きしめたい」

芝居《しばい》がかった口調《くちょう》で盛《も》りあがっているもちたに、オレはげんなりして顔《かお》をしかめた。

いったい、どこからそんなセリフがわいて出《で》てくるんだか……。

「もちたの妄想《もうそう》、きいているほうがハズい」

「妄想《もうそう》って言《い》わないでくれる？　豊《ゆた》かな発想力《はっそうりょく》は脚本《きゃくほん》を書《か》くのに必要《ひつよう》でしょ？」

「はいはい、そういうことにしとく」

オレは適当《てきとう》にあしらって、作業《さぎょう》にもどる。

もちたはオレのそばに立《た》ったまま、写生《しゃせい》をつづけている美桜《みおう》を見《み》ていた。

「ヒロイン役《やく》、合田《あいだ》さんに頼《たの》んだらよかったのに。美術部《びじゅつぶ》って設定《せってい》だし」

「いや、それはねーな」

「悪《わる》くないキャスティングだと思《おも》うけどな」

優《ゆう》も美桜《みおう》のほうを見《み》てそう言《い》った。

「ずっと前《まえ》に美桜《みおう》にカメラむけたことがあるんだよ。でも……」


『ム、ムリムリ！　絶対《ぜったい》ムリ！　わたしなんか撮《と》ってもいいものできないから！』


「……って、拒否《きょひ》られた」

真《ま》っ赤《か》になって顔《かお》を隠《かく》してしまった時《とき》の美桜《みおう》を思《おも》いだしながら、オレは二人《ふたり》に話《はな》した。

オレだって、本心《ほんしん》を言《い》えばこの映画《えいが》は美桜《みおう》で撮《と》りたかった。イメージだけで言《い》えば、二人《ふたり》の言《い》うとおり美桜《みおう》がピッタリだったからだ。

「あー、言《い》いそうだね」

もちたが納得《なっとく》したように言《い》うと、優《ゆう》もうなずく。

「人前《ひとまえ》に出《で》るとか、苦手《にがて》そうだもんな。役者《やくしゃ》やれるタイプじゃないか」

オレは美桜《みおう》を見《み》つめたまま、ひそかにため息《いき》をつく。

もっと自信《じしん》、もっていいのに……。

それから、「行《い》くぞ」と二人《ふたり》に声《こえ》をかけて撮影《さつえい》にもどった。

美桜《みおう》のはなし◆◆◆放課後《ほうかご》の裏庭《うらにわ》

放課後《ほうかご》、わたし《美桜《みおう》》は美術部《びじゅつぶ》のみんなといっしょに、裏庭《うらにわ》に出《で》ていた。

いつもなら美術室《びじゅつしつ》で作業《さぎょう》をしているけれど、今日《きょう》は晴《は》れていたから外《そと》での写生《しゃせい》。

キャンバスにむかって絵《え》を描《か》いているあかりちゃんのうしろには、後輩《こうはい》の子《こ》たちが集《あつ》まっていた。

あかりちゃんはわたしと同《おな》じ三年《ねん》で、名前《なまえ》は早坂《はやさか》あかり。美術部《びじゅつぶ》のなかでは一番《いちばん》絵《え》がうまくて、コンクールでも毎回入賞《まいかいにゅうしょう》している。

あかりちゃんはようやく後輩《こうはい》の子《こ》たちに気《き》づいて、「ん?」と手《て》をとめた。

「きれい～」

「この色《いろ》はね、こうやってだすの。ほら」

あかりちゃんはテキパキと絵《え》をぬっていくけれど、みんなよくわからないのか、不思議《ふしぎ》そうな顔《かお》をしている。簡単《かんたん》にやっているように見《み》えるけど、あかりちゃんのぬりかたはちょっとむずかしい。

「色《いろ》づくりは直感《ちょっかん》と勢《いきお》い！　ドバーッとまぜて、ズバーンッてぬるの！　思《おも》いっきりね！」

なっちゃんがかわりに説明《せつめい》しようとしているけど、教《おし》えかたがおおざっぱすぎて、後輩《こうはい》の子《こ》たちはますます混乱《こんらん》したみたいだった。

なっちゃんは、わたしやあかりちゃんと同《おな》じ三年《ねん》。**榎本夏樹**《えのもとなつき》という名前《なまえ》だから、わたしたちは『なっちゃん』とニックネームで呼《よ》んでいた。

二人《ふたり》とも絵《え》を描《か》くのは上手《じょうず》だけど、教《おし》えるのはちょっと苦手《にがて》みたい。

後輩《こうはい》の子《こ》たちは困《こま》ったように、「美桜先《みおうせん》ぱーい！」とわたしを呼《よ》ぶ。

「水彩画《すいさいが》で大事《だいじ》なのは、水《みず》の量《りょう》だよ。水《みず》が多《おお》ければ淡《あわ》い色《いろ》、少《すく》なければ濃《こ》い色《いろ》。絵《え》の具《ぐ》にまぜる水分《すいぶん》はもちろん、筆《ふで》についてる水分《すいぶん》や、紙《かみ》にのせる水《みず》によっても色《いろ》がかわってくるの」

わたしはパレットに絵《え》の具《ぐ》をとりだし、少《すこ》しずつ水《みず》で薄《うす》めていく。それをキャンバスにぬっていくと、ようやくみんなもわかったみたいだった。

「あかりちゃんやなっちゃんがどれくらいの水《みず》を使《つか》ってるか、参考《さんこう》にするのもいいと思《おも》うよ」

そう言《い》うと、後輩《こうはい》たちは笑顔《えがお》になってペコンと頭《あたま》を下《さ》げた。

「ありがとうございます、美桜先輩《みおうせんぱい》！」

後輩《こうはい》の子《こ》たちはみんなそれぞれの場所《ばしょ》にもどって、作業《さぎょう》をはじめる。


「わかりやす〜い」

「美桜《みおう》教《おし》え上手《じょうず》！」

あかりちゃんとなっちゃんにほめられて、わたしは気恥《きは》ずかしくなって笑《わら》った。

「先生《せんせい》から教《おそ》わったことの受《う》け売《う》りだよ」

でも、教《おし》えるのはきらいじゃないから、そう言《い》ってもらえるのはうれしいな。


写生《しゃせい》が終《お》わると、わたしは美術室《びじゅつしつ》の洗《あら》い場《ば》で筆《ふで》を洗《あら》う。

「おーい、はじめっぞー」

声《こえ》のした窓《まど》の外《そと》を見《み》れば、映画研究部《えいがけんきゅうぶ》の人《ひと》たちが撮影《さつえい》をしていた。そのなかに、カメラを手《て》にした春輝《はるき》くんの姿《すがた》がある。そばにいるのは、春輝《はるき》くんの親友《しんゆう》の望月《もちづき》くんと瀬戸口《せとぐち》くんだ。みんな真剣《しんけん》な顔《かお》をしてる。

「よぉーい……スタート！」

春輝《はるき》くんが号令《ごうれい》をかけると、撮影《さつえい》がはじまった。

手《て》に落《お》ちてくる水《みず》の音《おと》をききながら、わたしは一年生《ねんせい》だった時《とき》のことを思《おも》いだした。

廊下《ろうか》で見《み》かけた春輝《はるき》くんは、友《とも》だちとプロレスをしてはしゃいでいて、先生《せんせい》に怒《おこ》られていたっけ。

春輝《はるき》くんはいつも目立《めだ》ってて、まわりには大勢人《おおぜいひと》がいて……わたしとは全然《ぜんぜん》ちがう。

でも……。

そう、あれはいつだったかな。わたしは下校中《げこうちゅう》、高台《たかだい》の前《まえ》の道《みち》を歩《ある》いていた。

階段《かいだん》にさしかかった時《とき》、ひっそり咲《さ》いてた花《はな》に気《き》づいて、『あ……』と足《あし》をとめた。

階段《かいだん》に座《すわ》って、クロッキー帳《ちょう》をとりだして、一つ一つ花《はな》びらを描《か》いていく。

人《ひと》の気配《けはい》に気《き》づいてふりむいたのは、それからしばらくしてからだった。

『!? は、春輝《はるき》くん！』

『絵《え》、描《か》くんだ？』

いつからいたのか、春輝《はるき》くんはわたしの斜《なな》めうしろに座《すわ》っていた。その場所《ばしょ》からは、クロッキー帳《ちょう》が丸見《まるみ》えだ。

『あ、うん、わたし、美術部《びじゅつぶ》で……』

わたしは恥《は》ずかしくて、絵《え》を腕《うで》でかくす。人《ひと》に見《み》せられるほど、上手《じょうず》なわけじゃない。

『……すごいな』

春輝《はるき》くんの口《くち》からこぼれた言葉《ことば》に、わたしは『え？』と声《こえ》をもらす。

『オレ、そんな花咲《はなさ》いてるの、全然《ぜんぜん》気《き》がつかなかった。桜《さくら》んときも思《おも》ってたけど、美桜《みおう》のカメラアングルって、すげーおもしろいっていうか……』

春輝《はるき》くんはわたしの顔《かお》を見《み》ると、ニコッと笑《わら》った。

『きれいだな』

わたしは軽《かる》く息《いき》をのんで春輝《はるき》くんを見《み》た。

いままで、そんなふうに言《い》われたことなんてなかった。誰《だれ》からも、一度《いちど》も……。

春輝《はるき》くんは急《きゅう》にひらめいたのか、『あっ！』と声《こえ》をあげてカバンからノートをとりだす。

『アイデア思《おも》いついたんだ、映画《えいが》の』

『映画《えいが》？』

『オレ、映画研究部《えいがけんきゅうぶ》でさ』

『へえ……』

春輝《はるき》くんがノートにアイデアを書《か》きとめているから、わたしもクロッキー帳《ちょう》に鉛筆《えんぴつ》を走《はし》らせる。

そのあいだ、おたがいに一言《ひとこと》も話《はな》さなかったけど不思議《ふしぎ》と気《き》まずくなかった。

男《おとこ》の子《こ》って、ちょっと苦手《にがて》だったんだけど……春輝《はるき》くんはちがった。


あの日《ひ》から、わたしたちは気《き》づくといっしょに帰《かえ》るのが当《あ》たり前《まえ》になっていた。

どんな映画《えいが》が好《す》きなのかな？　好《す》きな音楽《おんがく》は？

少《すこ》しでも春輝《はるき》くんの世界《せかい》を知《し》りたくて……。近《ちか》づきたい……。

こんなのははじめてで。春輝《はるき》くんといっしょにいられるのがうれしくて、わたしは他《ほか》の人《ひと》から自分《じぶん》たちがどんなふうに見《み》られているのか、考《かんが》えもしなかった。

気《き》づいたのは、ある日《ひ》の朝《あさ》、教室《きょうしつ》にはいった時《とき》だった。
黒板《こくばん》に描《か》かれた相合《あいあ》い傘《がさ》の落書《らくが》きと、わたしと春輝《はるき》くんの名前《なまえ》。
カップルという文字《もじ》に、わたしは真《ま》っ赤《か》になってかたまった。
こんなの、春輝《はるき》くんに見《み》られたら……っ!!

『お、ダンナの登場《とうじょう》だ！』
『まひろん、おまえか！』
冷《ひ》やかす男子《だんし》の声《こえ》と、不機嫌《ふきげん》になった春輝《はるき》くんの声《こえ》に、わたしはビクッとした。
『よっ、春《はる》カップル！』
どうしよう。勘《かん》ちがいされたら、もう、いっしょに帰《かえ》ってくれなくなる……。
涙《なみだ》ぐんでうつむいていると、春輝《はるき》くんがわたしのとなりに立《た》つ。
バンッと、机《つくえ》を叩《たた》く音《おと》が教室《きょうしつ》に広《ひろ》がった。
『ガキっぽいことしてんじゃねーよ！』
どなった春輝《はるき》くんの声《こえ》で、教室《きょうしつ》のなかが静《しず》まりかえる。

足《あし》をふるわせながらつったっていたわたしのとなりで、春輝《はるき》くんは落書《らくが》きを消《け》していく。

やっぱり、怒《おこ》ってる。こんなの不愉快《ふゆかい》に思《おも》って当然《とうぜん》だよ。

ギュッと目《め》をつぶったわたしの耳《みみ》に届《とど》いたのは、春輝《はるき》くんの小《ちい》さな声《こえ》――。

『気《き》にするなよ』

おそるおそる目《め》をひらいて見《み》ると、春輝《はるき》くんは黒板《こくばん》のほうをむいたままだった。

そのほおはわたしと同《おな》じ。ほんの少《すこ》し赤《あか》くなっている。

たった一言《ひとこと》がわたしはうれしくて、ホッとして、『うん……』と小声《こごえ》で返事《へんじ》した。

気《き》にしないようにって思《おも》ったけど、そう思《おも》え

ば思《おも》うほど気《き》になって。

気《き》がついたら、いつも春輝《はるき》くんをさがしている。

わたしはカメラを手《て》に撮影《さつえい》にのぞんでいる春輝《はるき》くんを、しばらくのあいだ見《み》つめていた。


いつも……。

美桜《みおう》のはなし◆◆◆昼休《ひるやす》みの屋上《おくじょう》と廊下《ろうか》

次《つぎ》の日《ひ》の昼休《ひるやす》み、わたしはなっちゃんとあかりちゃんと三人《にん》で屋上《おくじょう》に来《き》ていた。

花壇《かだん》のそばのベンチに座《すわ》り、膝《ひざ》の上《うえ》にお弁当《べんとう》を広《ひろ》げながら、いつものようにおしゃべりする。

わたしたちも三年生《ねんせい》だから、このところ進路《しんろ》の話《はなし》が多《おお》かった。


「えっ、あかり、西美大受《にしびだいう》けるの!? 美術系大学《びじゅつけいだいがく》のトップじゃん！」

あかりちゃんが進《すす》む大学《だいがく》の話《はなし》をきいて、なっちゃんがおどろいたように声《こえ》を大《おお》きくした。

「うん、明智先生《あけちせんせい》に相談《そうだん》したら、ぜひ受《う》けなさいって」

「すっごーい‼」

瞳《ひとみ》を輝《かがや》かせるなっちゃんに、あかりちゃんは少《すこ》し照《て》れくさそうな顔《かお》をする。

「あかりちゃんなら絶対合格《ぜったいごうかく》だよ」

わたしがそう言《い》うと、なっちゃんも「だよね！」とうなずいた。

「美桜《みおう》は？　やっぱり美大《びだい》？」

「ううん、わたしは乙川女子《おとがわじょし》希望《きぼう》」

首《くび》をふって答《こた》えると、なっちゃんは意外《いがい》そうな顔《かお》をする。

「え？　美大《びだい》じゃないの？」

「絵《え》の勉強《べんきょう》しないの？」

あかりちゃんもおどろいているようだった。わたしは二人《ふたり》にあいまいな笑《え》みをむける。

「絵《え》は趣味《しゅみ》でつづけようかなって。乙川女子《おとがわじょし》なら家《いえ》からも通《かよ》えるし、就職《しゅうしょく》にも有利《ゆうり》だし」

それは、よく考《かんが》えて決《き》めたことなんだけど……。

朝礼《ちょうれい》の時《とき》、春輝《はるき》くんのつくったショートフィルムが大賞《たいしょう》を受賞《じゅしょう》したと、校長先生《こうちょうせんせい》が発表《はっぴょう》していた。春輝《はるき》くんは自分《じぶん》の夢《ゆめ》にむかって、まっすぐつきすすんでいる。

そんな姿《すがた》を見《み》ると、わたしはこれでいいのかなって、迷《まよ》いそうになる。


「えっ、就職《しゅうしょく》のことまで考《かんが》えてるの!? さすが美桜《みおう》、しっかり者《もの》だねぇ」

「なっちゃんはどうするの？」

わたしがたずねると、なっちゃんは「うっ」と言葉《ことば》につまってから、「うーん」と考《かんが》えこむ。

「——……どうしたらいい？」

途方《とほう》にくれたような顔《かお》をするなっちゃんに、あかりちゃんもわたしも「え？」となる。

「どうしたらいいかわっかんな〜い！ わたし、どこへ進《すす》めばいいの!? 進路《しんろ》ってどうやって決《き》めればいいの〜!?」

なっちゃんはさけびながら、頭《あたま》を抱《かか》えていた。

「明智先生《あけちせんせい》に相談《そうだん》したら？」

あかりちゃんが提案《ていあん》すると、なっちゃんは「したよ！」とすぐに答《こた》えた。

「したけどまずなにがやりたいのか考《かんが》えなさいって。それがわかんないのに！」

「う〜ん……なっちゃんがわからないなら、誰《だれ》にもわからないよ」

あかりちゃんもすっかり困《こま》り顔《がお》になっている。

こればかりは、自分《じぶん》で答《こた》えをださないと進《すす》めない。

でも……なっちゃんなら、最後《さいご》はきっと自分《じぶん》にあった道《みち》をちゃんと見《み》つけるよ。

「なっちゃん。どうぞ」

わたしは自分《じぶん》のお弁当《べんとう》のたまご焼《や》きを、なっちゃんにおすそわけする。

その途端《とたん》、へこんでいたなっちゃんの顔《かお》がパァッと輝《かがや》いた。

「いいの!?　やったー！　美桜《みおう》んちのたまご焼《や》き、おいしくて大好《だいす》き」

「これ食《た》べて、がんばって」

「ありがと〜！　なにがんばったらいいかわかんないけど、がんばる〜！」

なっちゃんはパクッとおいしそうにたまご焼《や》きをほおばる。すぐに満足《まんぞく》そうな笑顔《えがお》になった。

「もう、なっちゃん、調子《ちょうし》いいんだから」

あかりちゃんが言《い》うと、わたしたちはいっしょになって笑《わら》いあった。

お弁当《べんとう》を食《た》べ終《お》えたわたしたちは、教室《きょうしつ》にもどるために廊下《ろうか》を歩《ある》いていた。

「明日《あした》もたまご焼《や》き、いいかな？」

なっちゃんにきかれて、わたしは「うん」と答《こた》えた。

そんな話《はなし》をしていると、下級生《かきゅうせい》の女《おんな》の子《こ》たちが三年生《ねんせい》の教室《きょうしつ》の前《まえ》でさわいでいた。

とりかこまれているのは春輝《はるき》くんだ。わたしの足《あし》が思《おも》わずとまる。

下級生《かきゅうせい》の女《おんな》の子《こ》たちは、うれしそうに春輝《はるき》くんに話《はな》しかけている。

そんな様子《ようす》を見《み》て、なっちゃんとあかりちゃんも立《た》ちどまった。

「お〜、春輝《はるき》がモテてる！」

「朝礼《ちょうれい》のとき、すごく目立《めだ》ってたもんね。あこがれる子《こ》、たくさんいそう」

話《はな》したいことがあったんだけど……いまは近《ちか》づけそうにない。

「えっと、じゃ……」

わたしはぎこちない笑《え》みをなっちゃんとあかりちゃんにむけて、教室《きょうしつ》にもどろうとした。

なんだか、春輝《はるき》くんが少《すこ》し遠《とお》い──。


「！　美桜《みおう》」

急《きゅう》に名前《なまえ》を呼《よ》ばれて、わたしはドキッとする。

春輝《はるき》くんは「じゃ」と、話《はなし》を強引《ごういん》にさえぎってこちらに歩《ある》いてくる。

そのくつ音《おと》が近《ちか》づくにつれて、わたしの心臓《しんぞう》はトクトクと鳴《な》りだした。

「今日《きょう》、進路指導《しんろしどう》で呼《よ》ばれてて、ちょい遅《おそ》くなるかもなんだけど……えっと……」

春輝《はるき》くんは首《くび》のうしろに手《て》をやりながら言葉《ことば》をにごす。


「とくに用事《ようじ》とかないし……終《お》わるの待《ま》っていい？」

ためらいがちにわたしがたずねると、春輝《はるき》くんが笑顔《えがお》になった。

「ソッコーで終《お》わらせっから！」

「てぇ──いっ！」

立《た》ちさろうとした春輝《はるき》くんの背中《せなか》を、バンッと叩《たた》いたのはなっちゃんだ。

「って！　なんだよ、夏樹《なつき》」

痛《いた》そうに顔《かお》をしかめながら春輝《はるき》くんがにらむと、なっちゃんは、「べつに！」とニヤニヤする。

急《きゅう》に春輝《はるき》くんが、「あっ」と廊下《ろうか》の先《さき》を指《ゆび》さす。

「優《ゆう》が女子《じょし》に抱《だ》きつかれてる」

「え!?」

「ウソ。じゃあな」

楽《たの》しそうに言《い》って、春輝《はるき》くんはバタバタと走《はし》っていった。

「ちょっとー！　もうー！」

からかわれたとわかったなっちゃんは、むくれている。

そんななっちゃんと春輝《はるき》くんのやりとりに、わたしもクスッと笑《わら》った。

「美桜《みおう》ちゃんはいいねぇ、素敵《すてき》な彼氏《かれし》がいて」

あかりちゃんの言葉《ことば》におどろいて、わたしはパッと赤面《せきめん》した。

「え!?　ち、ちがうよ、春輝《はるき》くんとはそんなんじゃないから！」

「つきあってないの？」

「よくいっしょに帰《かえ》ってるじゃん」

あかりちゃんも、なっちゃんも、勘《かん》ちがいだよーっ!!

「なっちゃんだって、瀬戸口《せとぐち》くんといっしょに帰《かえ》ってるでしょ」

わたしはますます恥《は》ずかしくなって、オタオタしながら答《こた》えた。

「だって、優《ゆう》はおとなりさんだし」

「わたしたちもそんな感《かん》じだよ。たまたま帰《かえ》る方向《ほうこう》が同《おな》じだから」

「そうなの？」

もし、つきあったりしていたら、親友《しんゆう》の二人《ふたり》にはちゃんと報告《ほうこく》してるよ。

でも……これって、やっぱりへんなのかな？

『春輝《はるき》＋美桜《みおう》＝春《はる》カップル』

一年生《ねんせい》の時《とき》の黒板《こくばん》の落書《らくが》きを思《おも》いだして、わたしは少《すこ》しだけ顔《かお》をくもらせた。

つきあってもいないのにいっしょに帰《かえ》るって、ダメなのかな？

友《とも》だち、というより少《すこ》しだけ近《ちか》い。けれど、つきあっているというにはまだ遠《とお》い。

わたしたちは、そんなあいまいな距離《きょり》のままかわらないでいる。

春輝《はるき》くんはどう思《おも》ってるんだろう。いまのわたしたちを。二人《ふたり》の距離《きょり》を——。

春輝《はるき》のはなし◆◆◆放課後《ほうかご》の進路指導室《しんろしどうしつ》

オレ《春輝《はるき》》は担任《たんにん》の咲兄《さくにい》と、進路指導室《しんろしどうしつ》でむきあっていた。

今日《きょう》は進路面談《しんろめんだん》の日《ひ》だ。咲兄《さくにい》は棒《ぼう》つきのアメをなめながら、進路調査票《しんろちょうさひょう》をながめていた。

「早《はや》くしてくれよ、咲兄《さくにい》」

「学校《がっこう》では、明智《あけち》センセーと呼《よ》びなさい」

咲兄《さくにい》はあいかわらず進路調査票《しんろちょうさひょう》に目《め》をとおしたまま、のんびりした口調《くちょう》で言《い》う。

咲兄《さくにい》はオレの兄貴《あにき》の同級生《どうきゅうせい》だった。だから、咲兄《さくにい》のことは子《こ》どものころから知《し》っている。いまさら、『明智《あけち》センセー』なんて呼《よ》びにくい。

「先生《せんせい》なら、学校《がっこう》でアメなめんなよ」

「校内《こうない》は禁煙《きんえん》だから」

「答《こた》えになってねーし」

「それにしても、こんなおもしろい進路調査票《しんろちょうさひょう》はじめてだね」

咲兄《さくにい》はオレの進路調査票《しんろちょうさひょう》をパサッと机《つくえ》におく。

希望進路《きぼうしんろ》の欄《らん》には、『映画監督《えいがかんとく》！』と書《か》いてある。

「ふつうは行《い》きたい大学《だいがく》とか、就職希望《しゅうしょくきぼう》とか書《か》くもんだけどな」

「オレは本気《ほんき》だ」

それ以外《いがい》の選択肢《せんたくし》なんてない。これ一本《いっぽん》。

いつからか、この胸《むね》のなかにあった答《こた》え。迷《まよ》ったことなんてなかった。映画研究部《えいがけんきゅうぶ》を立《た》ちあげたのだってそのためだ。

咲兄《さくにい》は映画研究部《えいがけんきゅうぶ》の顧問《こもん》だったから、オレがどれだけ本気《ほんき》で打《う》ちこんできたか、知《し》っているはずだ。結果《けっか》だってだしてきた。

「わかってますよー。で、具体的《ぐたいてき》にこれからどうするつもりなんだ？」

「この前《まえ》、海外《かいがい》の映画《えいが》コンペに出品《しゅっぴん》した。大賞《たいしょう》とったら副賞《ふくしょう》でアメリカ留学《りゅうがく》がついてくる」

「大賞《たいしょう》がとれると？」

「だすからには、大賞狙《たいしょうねら》うのは当然《とうぜん》だろ」

それが難《むずか》しいことくらいわかってる。でも、できないとは思《おも》わない。

というか、やらなきゃ前《まえ》に進《すす》む資格《しかく》を与《あた》えられない。


「……そっくりだな」


「あ？」

「千秋《ちあき》と……強気《つよき》で、ガンコで、映画好《えいがず》き。さすが兄弟《きょうだい》」

咲兄《さくにい》の口《くち》から出《で》た名前《なまえ》に、オレは一瞬《いっしゅん》ドキッとした。

「べつに。秋兄《あきにい》はかんけーねえし」

目《め》をそらすと、咲兄《さくにい》は白衣《はくい》のポケットから棒《ぼう》つきのアメをとりだす。

「ほい、アメちゃん」

「いらねーよ。ガキじゃねーんだから」

「ガキじゃないなら人《ひと》の応援《おうえん》は素直《すなお》に受《う》けとんなさい」

「……ふん」

オレは咲兄《さくにい》の手《て》からアメをひったくると、席《せき》を立《た》って進路指導室《しんろしどうしつ》をあとにした。

明智《あけち》咲《さく》のはなし◆◆◆進路指導室《しんろしどうしつ》

映画監督《えいがかんとく》……か。

オレ《明智咲《あけちさく》》は春輝《はるき》の進路調査票《しんろちょうさひょう》に、もう一度目《いちどめ》をとおす。

春輝《はるき》が進路指導室《しんろしどうしつ》を出《で》ていくと、廊下《ろうか》のほうからにぎやかな声《こえ》がきこえた。

「あれ、春輝《はるき》やん！　なんで指導室《しどうしつ》から出《で》てくるん？　あっ、さてはなんや悪《わる》さして呼《よ》びだし」

関西弁《かんさいべん》なまりの話《はな》し声《ごえ》は、同《おな》じ三年《ねん》の濱中翠《はまなかみどり》だろう。

「バーカ、進路面接《しんろめんせつ》だよ」

二人《ふたり》は廊下《ろうか》でしばらくふざけあっていて、楽《たの》しそうな笑《わら》い声《ごえ》が響《ひび》いていた。

「……ほーんと、年々《ねんねん》似《に》てくるな。いやんなるくらいに……」

声《こえ》だけきいていると、区別《くべつ》がつかない時《とき》がある。

春輝《はるき》の兄《あに》の千秋《ちあき》とオレは、同級生《どうきゅうせい》だった。オレはよく千秋《ちあき》の家《いえ》に遊《あそ》びにいっていて、幼《おさな》い春輝《はるき》の遊《あそ》び相手《あいて》もしていた。

その春輝《はるき》も、気《き》づけばあのころのオレたちと同《おな》じ高校生《こうこうせい》で、卒業《そつぎょう》をむかえようとしている。しかも、この自分《じぶん》が担任《たんにん》なんてやってるんだからな。人生《じんせい》なんて、わからないものだ……。

美桜《みおう》のはなし◆◆◆放課後《ほうかご》の教室《きょうしつ》と通学路《つうがくろ》

水《みず》のなかで泡《あわ》が弾《はじ》けていく。重《おも》くなっていく体《からだ》がどんどん沈《しず》んでいき、光《ひかり》の揺《ゆ》れている水面《すいめん》が遠《とお》のいていく。必死《ひっし》に手《て》を伸《の》ばすのに届《とど》かなくて、そのうちに息苦《いきぐる》しくなって……。

あれは、いつの記憶《きおく》——。

わたし《美桜《みおう》》がふっと目《め》を覚《さ》ますと、教室《きょうしつ》のなかだった。

ぼんやりしたままゆっくり頭《あたま》を起《お》こすと、むかいに座《すわ》っていた春輝《はるき》くんがパッと目《め》をそらす。

「……春輝《はるき》くん」

わたしはフワフワただよっていた夢《ゆめ》のなかから急《きゅう》に引《ひ》っぱりもどされて、パチッとまばたきした。

「やだ、いつから!?　起《お》こしてくれればよかったのに」

「よく寝《ね》てたからさ」

春輝《はるき》くんは視線《しせん》をそらしたまま、少《すこ》し気《き》まずそうにそう答《こた》えた。

寝顔《ねがお》……見《み》られた……？

わたしはカァと赤《あか》くなった顔《かお》を、隠《かく》したくなった。

春輝《はるき》くんはふっと笑《わら》ってから、席《せき》を立《た》つ。

「行《い》こう」

うながされて、わたしは「う、うん」と返事《へんじ》をした。

でも……おぼれる夢《ゆめ》、久《ひさ》しぶりに見《み》た。子《こ》どものころから、何度《なんど》かくりかえし見《み》る夢《ゆめ》。

高校生《こうこうせい》になってからは、あまり見《み》なかったのに。どうしてだろう？

学校《がっこう》を出《で》ると、わたしたちは通学路《つうがくろ》を歩《ある》く。

春輝《はるき》くんは明智先生《あけちせんせい》の話《はなし》をしながら、不満《ふまん》そうに顔《かお》をしかめていた。

「咲兄《さくにい》のやつ、いっつもアメばっか食《く》って、ガキみてーなのに、人《ひと》のことすぐガキあつかいするんだ」

「春輝《はるき》くんって、明智先生《あけちせんせい》と仲《なか》いいよね」

「べつに仲良《なかよ》くなんかねーけど。咲兄《さくにい》はオレの兄貴《あにき》の友《とも》だちでさ。昔《むかし》うちによく来《き》てたんだ」

「へえ、春輝《はるき》くんのお兄《にい》さんってどんな人《ひと》？」

「ん～……映画《えいが》、すっげーくわしい」

「春輝《はるき》くんが映画撮《えいがと》るのって、もしかして、お兄《にい》さんの影響《えいきょう》？」

「まあな、秋兄《あきにい》がいなかったら撮《と》ってなかったかも」

春輝《はるき》くん、お兄《にい》さんのことを話《はな》す時《とき》はすごくうれしそうな顔《かお》になる。それくらい、きっと大好《だいす》きなお兄《にい》さんなんだ。春輝《はるき》くんに似《に》ているのかな？　いつか、会《あ》ってみたいな……。

わたしたちがそんな話《はなし》をしているうちに、いつもの高台《たかだい》の階段《かいだん》が見《み》えてきた。

春輝《はるき》と美桜《みおう》のはなし・・・高台《たかだい》の階段《かいだん》

「大賞《たいしょう》とった作品《さくひん》、すごい反響《はんきょう》だね」

オレ《春輝《はるき》》は美桜《みおう》とならんで高台《たかだい》の階段《かいだん》に腰《こし》をおろす。

「楽《たの》しいをコンセプトにつくった作品《さくひん》だから、みんなに笑《わら》ってもらえたんならいいけど」

「わたしも最初《さいしょ》は笑《わら》って見《み》てたよ。でも、何度《なんど》も見《み》ているうちに、これってちょっと悲《かな》しい物語《ものがたり》かもって」

「悲《かな》しい？」

「ほら、ラストシーン。ヒロインが笑《わら》ってて、楽《たの》しく終《お》わってるんだけど……なんかそれ見《み》てたら笑《わら》ってるけど泣《な》いてるみたいな……」

ラストシーンは、夕焼《ゆうや》けにそまる波《なみ》うちぎわで撮《と》ったものだ。

「そんな気《き》がして……あ、ごめんね、へんなこと言《い》って」

「いや……」

オレは映像《えいぞう》を思《おも》いだしながら考《かんが》えこむ。

「ホ、ホントに気《き》にしないで？　楽《たの》しい作品《さくひん》だってみんなに言《い》われたんでしょ？　わたしなんかの意見《いけん》を参考《さんこう》にしちゃダメだよ」

オタオタしながら言《い》う美桜《みおう》を、オレはジッと見《み》つめた。

「それやめれば？」

「え？」

「『わたしなんか』ってヤツ。美桜《みおう》って、ときどき言《い》うよな」

自信《じしん》がないからなのかもしれないけど。いまの指摘《してき》だって、美桜《みおう》じゃなきゃ気《き》づかなかった。

他《ほか》の誰《だれ》もそんな感想《かんそう》を口《くち》にしなかった。


「だってわたし、たいしたとり柄《え》もないし……」

「そんなことないって。絵《え》のコンクールで賞《しょう》とったりしてるだろ？」

「でも、いつも準入選《じゅんにゅうせん》とか佳作《かさく》とかで、一番《ばん》になったことないし。ホントにたいしたことないの」

「や、でも――……」

準入選《じゅんにゅうせん》とか佳作《かさく》でも、すごいんじゃないの？

なんで、誰《だれ》かと自分《じぶん》を比《くら》べようとするんだ。美桜《みおう》は美桜《みおう》なのに。オレはそれが……。

言《い》いかけた言葉《ことば》をのみこんだオレに、美桜《みおう》はほほえんだ。

「ありがとう。はげましてくれて」

「はげましなんかじゃ！」

オレはじれったくて、顔《かお》をグイッとよせて声《こえ》を大《おお》きくする。けど、すぐに顔《かお》が近《ちか》すぎたことに気《き》づいて息《いき》をのんだ。

「ご、ごめん……！」

オレがパッと顔《かお》をそらすと、美桜《みおう》も反対《はんたい》をむく。

「ううん……」

なに、あやまってんだ、オレ。ヤバい……緊張《きんちょう》してきた……。

脈《みゃく》がドクドクいってるのが自分《じぶん》でもわかる。この距離《きょり》、心臓《しんぞう》の音《おと》まできこえないよな？

そんなことが気《き》になって、オレはしばらく口《くち》をひらけなかった。

わたし《美桜《みおう》》は汗《あせ》ばんできた手《て》をギュッと握《にぎ》りしめた。

思《おも》わず顔《かお》そらしちゃったけど……なにか言《い》わないと！

春輝《はるき》くんはべつのほうをむいたきり、だまりこんでいる。

「は……春輝《はるき》くんって、好《す》きな人《ひと》とかいる？」

うそ、やだ、わたし、なんで……!!

心臓《しんぞう》がよけいにドキドキしてきて、わたしは口《くち》をつぐむ。こんなことを、きくつもりじゃなかったのに。でも……知《し》りたい。本当《ほんとう》はずっと前《まえ》からききたかった。


『は……春輝《はるき》くんって、好《す》きな人《ひと》とかいる？』

美桜《みおう》にいきなりきかれたオレ《春輝《はるき》》は、内心《ないしん》、動揺《どうよう》していた。

な、なんで、いきなりそんなこときくんだ……？

好《す》きな人《ひと》なんて。というか、これはどう答《こた》えればいいんだ？

美桜《みおう》がどういうつもりできいたのか、その本心《ほんしん》がわからない。

チラッと横《よこ》を見《み》れば、美桜《みおう》はくちびるをギュッととじたままオレの言葉《ことば》を待《ま》っていた。

そのほおは、夕日《ゆうひ》に照《て》らされて赤《あか》くなっている。

その横顔《よこがお》を見《み》つめてから、オレはかわききったくちびるをわずかにひらいた。

「……うん、いるよ」

オレが答《こた》えると、美桜《みおう》が息《いき》をのむ。

「好《す》きなやつ、いるよ……美桜《みおう》は？」

オレはさっきよりもはっきり答《こた》えてから、ききかえす。

「いるよ」

すぐに返《かえ》ってきた言葉《ことば》に、心臓《しんぞう》がドクンと鳴《な》った。

「そっか」

オレたちは別々《べつべつ》のほうをむいたまま、言葉《ことば》をさがすようにだまっていた。

いっしょに帰《かえ》るようなやつって、他《ほか》にいないよな……？

じゃあ、美桜《みおう》の好《す》きなやつって……。

オレは自分《じぶん》の手《て》に視線《しせん》をむける。オレの手《て》のすぐそばに、美桜《みおう》の手《て》もある。

たったの10センチ……ほんの少《すこ》し手《て》を伸《の》ばせば届《とど》く距離《きょり》だ。

その手《て》を握《にぎ》りしめれば、たしかめられるんだろうか？

……だけど、あと10センチがちぢまらない。


わたし《美桜《みおう》》と春輝《はるき》くんの手《て》のあいだは、少《すこ》しだけあいてる。

10センチ……くらいかな。


『好《す》きなやつ、いるよ――』

春輝《はるき》くんの言葉《ことば》に、わたしはドキッとする。

いやだったら、いっしょには帰《かえ》らない……よね？

たしかめたいのに、勇気《ゆうき》がなくて春輝《はるき》くんの顔《かお》を見《み》れない。かわりに、わたしは二人《ふたり》の手《て》にそっと視線《しせん》をむけた。

……あと10センチがちぢまらない。

オレ《春輝《はるき》》が家《いえ》にもどったのは、日《ひ》が落《お》ちてからだった。

部屋《へや》にはいると、シャツを脱《ぬ》ぎすててイスに投《な》げた。壁《かべ》には映画《えいが》のポスターがはられていて、棚《たな》には賞《しょう》の盾《たて》や映画関係《えいがかんけい》の本《ほん》が押《お》しこんである。

「大賞《たいしょう》とったフィルムさ、みんなにおもしろかったって言《い》われたんだけど、今日《きょう》、美桜《みおう》にちょっとちがう感想《かんそう》言《い》われて……」

オレは写真《しゃしん》に目《め》をやった。写《うつ》っているのは子《こ》どものころのオレと高校生《こうこうせい》の咲兄《さくにい》、それに秋兄《あきにい》だ。

「そうなんだ。自分《じぶん》でも気《き》づかなかったこと言《い》われてさ――。深《ふか》いところを見《み》てるっていうか……うん、視点《してん》がおもしろいんだ」

オレは写真《しゃしん》を見《み》ながらふっと目《め》を細《ほそ》める。

秋兄《あきにい》にも会《あ》わせたいよ――。

第《だい》二章《しょう》

美桜《みおう》と春輝《はるき》のはなし◆◆◆放課後《ほうかご》の部室《ぶしつ》

部活《ぶかつ》の時間《じかん》、わたし《美桜《みおう》》は美術室《びじゅつしつ》でキャンバスにむかう。

描《か》いているのは、光《ひかり》の差《さ》しこんだ水《みず》のなかの情景《じょうけい》と、差《さ》しのべられた男《おとこ》の人《ひと》の手《て》。

「……よし」

絵《え》のできばえは悪《わる》くない。うん、イメージどおり。わたしは満足《まんぞく》してにっこりした。

「わ〜、きれいな絵《え》！」

「これは？」

なっちゃんとあかりちゃんが、わたしのキャンバスをのぞく。

「わたしの思《おも》い出《で》だよ」

「思《おも》い出《で》？」

不思議《ふしぎ》そうな顔《かお》をして、なっちゃんがきく。

「わたし、小《ちい》さいころにね、川《かわ》でおぼれたことがあって。泳《およ》げないし、息《いき》もできなくて、もうダメってなったとき、とおりかかった男《おとこ》の人《ひと》が助《たす》けてくれたの」

わたしは絵《え》を見《み》つめたまま、二人《ふたり》に話《はな》した。

「その人《ひと》、命《いのち》の恩人《おんじん》ってことだよね？　美桜《みおう》のヒーローじゃん！」

なっちゃんの言葉《ことば》にわたしは、「うん」とほほえんだ。

「どんな人《ひと》なの？」

あかりちゃんにきかれて、あのころの記憶《きおく》を思《おも》いかえしながら首《くび》をひねる。

「それが……よくわからなくて」

「え？　わからないって……」

「そのときのこと、よくおぼえてないんだけど……わたしのなかではこんなイメージなの」

わたしは自分《じぶん》の絵《え》を見《み》つめた。

あれがいつのことで、場所《ばしょ》はどこだったのか。助《たす》けてくれた人《ひと》がどんな顔《かお》をしていて、何歳《なんさい》くらいだったのか。それも、わたしは思《おも》いだせない。

でも、水中《すいちゅう》から引《ひ》っぱりあげてくれたあの手《て》だけは、いまでも忘《わす》れていない。

忘《わす》れたくなくて、何度《なんど》もくりかえし思《おも》いだしていたからかな？

力強《ちからづよ》くて、大《おお》きな、男《おとこ》の人《ひと》の手《て》だった……。

「美桜《みおう》ちゃんにとって、素敵《すてき》な思《おも》い出《で》なんだね」

あかりちゃんの言葉《ことば》に、わたしはうなずいた。

名前《なまえ》も知《し》らないわたしのヒーロー。いつか伝《つた》えたいな。ありがとうって――。


「あっ優《ゆう》」

なっちゃんが、美術室《びじゅつしつ》にはいってきた瀬戸口《せとぐち》くんに気《き》づいて呼《よ》ぶ。

「いま、いいか？」

「なになに？」

春輝《はるき》くんや望月《もちづき》くんもいっしょだった。

「ちょっと頼《たの》みたいことがあるんだけど」

話《はなし》を切《き》りだした春輝《はるき》くんに、わたしたちは注目《ちゅうもく》した。


すぐに映画研究部《えいがけんきゅうぶ》のメンバーと、美術部《びじゅつぶ》のわたしたち三人《にん》でミーティングがはじまる。

説明《せつめい》してくれたのは、瀬戸口《せとぐち》くんだった。

「……ようするに、美術部《びじゅつぶ》のヒロインが、卒業間近《そつぎょうまぢか》の先輩《せんぱい》に恋《こい》する物語《ものがたり》だ」

「春輝《はるき》がラブストーリーってめずらしくない？」

なっちゃんが春輝《はるき》くんのほうを見《み》て言《い》う。

「うちの脚本家《きゃくほんか》がどうしてもって言《い》うから」

春輝《はるき》くんは「な？」と、望月《もちづき》くんに話《はなし》をふる。注目《ちゅうもく》された望月《もちづき》くんは、急《きゅう》にアワアワしていた。

「え？　あ、えっと、最後《さいご》だから、高校《こうこう》を舞台《ぶたい》にしたいと思《おも》って」

「最後《さいご》？」

なっちゃんがきくと、瀬戸口《せとぐち》くんが口《くち》をひらいた。

「映画研究部《えいがけんきゅうぶ》のこのメンバーで撮《と》る、最後《さいご》の映画《えいが》ってことだ。だから、みんながやりたいことをとりいれたいと思《おも》ってる」

瀬戸口《せとぐち》くんが、「——で」と話《はなし》をつづける。

「この映画《えいが》のなかで、美術部《びじゅつぶ》のヒロインが描《か》いた絵《え》が必要《ひつよう》なんだけど——」

「その絵《え》を三人《にん》に頼《たの》みたいんだ。できれば三人《にん》の絵《え》のなかで、一番《いちばん》イメージにあったものを使《つか》わせて欲《ほ》しい。明日《あした》から夏休《なつやす》みなのに悪《わる》いんだけど」

前《まえ》に出《で》た春輝《はるき》くんが、そう言《い》ってわたしたちを見《み》る。

「わたしはかまわないよ」

あかりちゃんがすぐに答《こた》えて、「どう？」とわたしとなっちゃんにたずねた。

わたしはちょっととまどいながらも、「あ、うん」と返事《へんじ》する。

夏休《なつやす》みは絵《え》を仕上《しあ》げる予定《よてい》だったし、時間《じかん》はたっぷりある。

なっちゃんも、「いいよ！」とうけあった。それから、瀬戸口《せとぐち》くんのほうに顔《かお》をもどす。

「絵《え》を選《えら》ぶのは誰《だれ》？」

「もちろん、監督《かんとく》だ」

春輝《はるき》くんが……。

「絵《え》のテーマは？」

あかりちゃんがきくと、春輝《はるき》くんがニッと笑《わら》う。

「テーマはズバリ、『恋《こい》』だ」

こ、恋《こい》!?

わたしはとまどって、春輝《はるき》くんを見《み》た。

恋《こい》って目《め》に見《み》えるものじゃない。それを絵《え》にするのは、思《おも》いのほかむずかしそうだった。


「……恋《こい》ってどんな色《いろ》なんだろ？」

わたしたちが思案《しあん》していると、望月《もちづき》くんがふと口《くち》にする。すぐに答《こた》えたのは、なっちゃんだ。

「恋《こい》っていったら、やっぱりピンクでしょ！　恋《こい》すると世界《せかい》がぱあっとピンク色《いろ》になるし！」

「なっちゃん、恋《こい》した経験《けいけん》あるの？」

「え？　いや〜、少女《しょうじょ》マンガだとそういう感《かん》じじゃない？」

なっちゃんはなぜか不自然《ふしぜん》に視線《しせん》をそらす。それから、「あはは〜」とごまかすような笑《わら》いかたをした。

「美桜《みおう》は？」

春輝《はるき》くんに話《はな》をふられて、わたしは「え？」と顔《かお》をあげる。

「えっと……なに色《いろ》だろ？」

すぐに答《こた》えが出《で》なくて、わたしは「う〜ん」となやむ。

「わたしは金色《きんいろ》、かな」

あかりちゃんが思《おも》いついたように口《くち》にする。みんなの視線《しせん》が、パッとあかりちゃんにむけられた。

「キラキラ光《ひか》ってきれいだけど、放《ほう》っておくとくすんじゃうでしょ？　光《ひかり》が強《つよ》すぎるとまぶしくて見《み》られないところも似《に》てる気《き》がする」

言葉《ことば》を選《えら》ぶように、あかりちゃんはゆっくりと答《こた》える。

そんなあかりちゃんを、春輝《はるき》くんはおどろいたように見《み》つめていた。

「すげえ……こんなこともあるんだな。オレの考《かんが》えとまったく同《おな》じだ」

春輝《はるき》くんの顔《かお》がうれしそうに輝《かがや》くのを見《み》て、わたしははっとする。

「そうなんだ、ちょっとびっくり～」

あかりちゃんもニコーッと笑《わら》っていた。

「すっごい気《き》があうねえ！」

「感性《かんせい》が似《に》てるんだろ。これは期待《きたい》できそうだな」

なっちゃんと瀬戸口《せとぐち》くんがそれぞれ答《こた》える。


わたしは、考《かんが》えもしなかった。恋《こい》が金色《きんいろ》だなんて……。

でも、あかりちゃんの話《はなし》をきくと、それが『正解《せいかい》』のように思《おも》えてしまう。

瀬戸口《せとぐち》くんの言《い》うとおりだ。あかりちゃんも春輝《はるき》くんも、感《かん》じるものがきっと同《おな》じ。

わたしは急《きゅう》に落《お》ちこんでしまって、うつむいた。


美術部《びじゅつぶ》に絵《え》のことを頼《たの》んだあと、オレ《春輝《はるき》》たちは自分《じぶん》たちの部室《ぶしつ》にもどった。

「役者《やくしゃ》のスケジュールや、受験《じゅけん》に響《ひび》かないように、できれば夏休《なつやす》み中《ちゅう》に撮影《さつえい》を終《お》わらせたいな」

オレは優《ゆう》の言葉《ことば》に「だな」と、うなずいた。夏休《なつやす》みを有効《ゆうこう》に活用《かつよう》しない手《て》はない。

それに、二学期《がっき》にずれこめば、さすがに優《ゆう》たち受験組《じゅけんぐみ》には支障《ししょう》がでる。

「夏休《なつやす》みの空《あ》いた時間《じかん》をフルに使《つか》って撮《と》っちまおうぜ」

「……本当《ほんとう》にそれでいいの？」

深刻《しんこく》な顔《かお》で言《い》いだしたのはもちただ。

「今年《ことし》の夏《なつ》はただの夏《なつ》じゃない、高校生活最後《こうこうせいかつさいご》の夏《なつ》だよ!?　その思《おも》い出《で》が部活《ぶかつ》オンリーなんて、悲《かな》しすぎるじゃないか！」

こぶしを握《にぎ》りながらもちたが熱弁《ねつべん》をふるう。

「そうか？　映画三昧《えいがざんまい》、いい夏休《なつやす》みじゃねーか」

これ以上《いじょう》ないほど充実《じゅうじつ》した夏休《なつやす》みだ。なんの不満《ふまん》があるってんだ？


オレが作業《さぎょう》にもどると、もちたがうらみがましい目《め》をむけてくる。

「春輝《はるき》はいーよ、どーせ合田《あいだ》さんとデートするんでしょ？」

「しねーよ」

「え？　なんで？」

「なんでって……二人《ふたり》で出《で》かけたことねーし」

「えええ!?　デートしたことないの!?　いつもいっしょに下校《げこう》デートしてるのに!?」

軽《かる》く身《み》を引《ひ》きながら、もちたが大《おお》げさなおどろきかたをした。

「べつに、帰《かえ》る方向《ほうこう》がいっしょなだけだ」

そっけなく答《こた》えると、もちたはなにか言《い》いたそうにジーッと見《み》つめてくる。

「……なんだよ?」

「春輝《はるき》ってさー、映画《えいが》を撮《と》るときは自信満々《じしんまんまん》で積極的《せっきょくてき》なのに、恋愛《れんあい》は意外《いがい》と奥手《おくて》だよね」

ズバッと言《い》われて、オレは「うっ」と言葉《ことば》につまった。

うしろでは優《ゆう》がおかしそうに笑《わら》っている。

「んなことより、早《はや》くシナリオなおせ!」

オレは強引《ごういん》に話《はなし》を打《う》ちきって、苦《にが》い顔《かお》で作業《さぎょう》にもどった。

春輝《はるき》のはなし◆◆◆高台《たかだい》の階段《かいだん》

その日《ひ》の帰《かえ》り、オレは美桜《みおう》といっしょにいつもの高台《たかだい》の階段《かいだん》に座《すわ》っていた。

夕日《ゆうひ》にそまった空《そら》の下《した》で、美桜《みおう》は熱心《ねっしん》にスケッチをしている。

オレはそのとなりで、撮影《さつえい》で使《つか》っているビデオカメラをみがいていた。

「……ていねいにみがいているね。そのカメラ、大事《だいじ》なもの？」

美桜《みおう》がふと手《て》を休《やす》めて、オレの持《も》っているカメラを見《み》る。

「ああ、秋兄《あきにい》から借《か》りてるカメラだからさ」

「秋兄《あきにい》って、春輝《はるき》くんのお兄《にい》さんだよね？」

「ああ」

「お兄《にい》さんも映画撮《えいがと》るの？」

オレは、「昔《むかし》ちょっと、な」と言葉《ことば》をにごした。

「映画《えいが》すっげー見《み》てるから、めちゃくちゃくわしいんだ」

「へえ」

「なかなか秋兄《あきにい》を満足《まんぞく》させられるものができないんだけど、これでいい映画撮《えいがと》って、いつか秋兄《あきにい》をおどろかせたいんだ」

オレが話《はな》すと、美桜《みおう》が「そっかぁ」とほほえむ。

「兄弟《きょうだい》、仲《なか》いいんだね」

それから少《すこ》しのあいだ、オレたちはそれぞれの作業《さぎょう》にもどった。

美桜《みおう》はおだやかな表情《ひょうじょう》で鉛筆《えんぴつ》を動《うご》かしている。

オレは気《き》づくと、手《て》をとめていた。

「あのさ……夏休《なつやす》みはなんか予定《よてい》あんの？」

「受験生《じゅけんせい》だから、やっぱり受験勉強《じゅけんべんきょう》かなぁ」

「そっか……悪《わる》いな、いそがしいのに映画研究部《えいがけんきゅうぶ》の絵《え》、頼《たの》んで」

「ううん、春輝《はるき》くんはどうするの？　夏休《なつやす》み」

「撮影《さつえい》かな。夏休《なつやす》み中《ちゅう》に、できるとこまで撮《と》っちまいたいからさ」

「そっかぁ……いそがしいねえ」


チラッと美桜《みおう》を見《み》てから、オレはひそかにため息《いき》をもらした。

デート……ねえ。

美桜《みおう》も部活《ぶかつ》に出《で》てくるなら、いっしょに帰《かえ》れるだろうし。それで、じゅうぶんだ。

オレは、「どっか行《い》かねえ？」という言葉《ことば》をのみこんで、カメラをもう一度《いちど》、丹念《たんねん》にみがいた。

美桜《みおう》のはなし◆◆◆合田家《あいだけ》の美桜《みおう》の部屋《へや》

赤《あか》、黄《き》、オレンジ……恋《こい》といったら、やっぱりピンク?
ダメダメ、なっちゃんとかぶっちゃう!

その日《ひ》の夜《よる》、わたし《美桜《みおう》》は自分《じぶん》の部屋《へや》で、クロッキー帳《ちょう》とむきあっていた。
あかりちゃんは、金色《きんいろ》……。
恋《こい》と言《い》っても、みんなそれぞれイメージがちがう。
それなら、わたしの思《おも》う恋《こい》は、なに色《いろ》なんだろう?
そもそも恋《こい》って、色《いろ》で表現《ひょうげん》できるものなの?
どうしても、ぼんやりしてしまう。
わたしは首《くび》をかしげて、そのままポテッとベッドによりかかった。
見《み》えるわけでもない。ふれられるわけでもない。
でも、この胸《むね》のなかにたしかにある、気持《きも》ち——。

う〜ぜんっぜんわかんないよ〜〜。

……でも、春輝《はるき》くんの役《やく》に立《た》ちたい。春輝《はるき》くんに選《えら》ばれたい。わたしの絵《え》を、映画《えいが》で使《つか》って欲《ほ》しい。

前《まえ》に、春輝《はるき》くんにカメラで撮《と》らせてくれって頼《たの》まれたことがあった。あの時《とき》はとてもムリだと思《おも》ってことわってしまった。カメラの前《まえ》に立《た》つなんて、緊張《きんちょう》してなにも言《い》えなくなると思《おも》ったから。

でも……絵《え》なら、わたしにも描《か》ける。

春輝《はるき》くんの作品《さくひん》に少《すこ》しでも関《かか》われるなら、がんばりたいよ。

………よしっ！

わたしは起《お》きあがると、気合《きあ》いをいれなおして真《ま》っ白《しろ》なキャンバスにむかう。

「うーん……う〜ん……う〜ん！」

立《た》ったり座《すわ》ったりしながら考《かんが》えてみるけど、いいアイデアは思《おも》いうかばなくて、天井《てんじょう》を見《み》あげた。

あかりちゃん、もう描《か》きはじめてるかな。きっと、スラスラ描《か》いてるんだろうな。

イメージがかたまると、あかりちゃんは迷《まよ》わない。

すごいよ。ほんとうにすごい。春輝《はるき》くんもびっくりしてた。

映画研究部《えいがけんきゅうぶ》と美術部《びじゅつぶ》のミーティングの時《とき》のことを思《おも》いだすと、わたしはまたへこみそうになった。

あかりちゃんと恋《こい》のイメージがかさなった時《とき》の春輝《はるき》くん、すごくうれしそうだった。

やっぱりかなわないかも……わたしなんか……。

ダメダメ、弱気《よわき》になっちゃ！

春輝《はるき》くんにも、『なんか』って言《い》うのやめればって、言《い》われたばかりなのに。


でも……自信《じしん》なんてどこにもないよ。

春輝《はるき》くんはどうして、あんなに自信《じしん》を持《も》っていられるんだろう？

あんなふうに強《つよ》くなりたい。前《まえ》むきになりたい。胸《むね》をはって、自分《じぶん》の道《みち》を歩《ある》けるように。

ふっとため息《いき》をついてると、携帯《けいたい》にメッセージがはいる。相手《あいて》はなっちゃんだった。

『来週《らいしゅう》の花火大会《はなびたいかい》、みんなで行《い》こうよ。もちろん春輝《はるき》もね！』

春輝《はるき》くんと花火《はなび》……！

優《ゆう》のはなし◆◆◆瀬戸口家《せとぐちけ》の優《ゆう》の部屋《へや》

「よし、キタ！」

オレ《瀬戸口優《せとぐちゆう》》のベッドに堂々《どうどう》と寝《ね》そべっていた夏樹《なつき》が、いきなり声《こえ》をあげて飛《と》びおきた。

人《ひと》が勉強《べんきょう》してるってのに、なにをしているんだか……。

「美桜《みおう》、行《い》くって！」

うれしそうに報告《ほうこく》してくる夏樹《なつき》に、シャーペンを動《うご》かす手《て》を一度《いちど》とめる。

合田《あいだ》からの返信《へんしん》があったのか。さっきから、携帯《けいたい》で連絡《れんらく》をとりあっていたけど。

というか、それ……オレの部屋《へや》でやる必要《ひつよう》あるのか？

「美桜《みおう》ってば、春輝《はるき》とつきあってないとか言《い》うの」

ああ、そうだな……。

「どう見《み》ても好《す》き同士《どうし》なのにね！」

ああ、そうだな……。

「デートさせてくっつけなきゃ」

ああ……って、なんでそうなるんだよ？

シャーペンの芯《しん》がポキッと折《お》れて、オレはため息《いき》をつく。

また、おせっかいを……。

夏樹《なつき》が首《くび》をつっこむと、引《ひ》っかきまわすだけでろくなことにならないんだよな。

春輝《はるき》と合田《あいだ》がなんでつきあってないのか、気《き》にならないわけじゃないけど。

もちたもおどろいてたし、オレも正直《しょうじき》、二人《ふたり》はとっくにそういう仲《なか》なんだと思《おも》っていた。


しばらく考《かんが》えてから、オレは思《おも》いだして「あのさ……」と口《くち》をひらく。

「オレ、いま勉強中《べんきょうちゅう》なんだけど」

受験生《じゅけんせい》としては、他人《たにん》の恋愛《れんあい》を気《き》にしている余裕《よゆう》なんてない。

「あ、花火《はなび》、もちろん優《ゆう》もメンバーにはいってるから！」

いや、そういう話《はなし》じゃなくて……というか、オレは一言《ひとこと》も行《い》くなんて言《い》ってませんけど？

「オレ、あーゆー人《ひと》が多《おお》いの、苦手《にがて》なんだよな」

気《き》がのらなくてそう答《こた》えると、夏樹《なつき》がムウゥとふくれっ面《つら》になる。

「あーあ、そうですか。誰《だれ》か他《ほか》をあたってみっかな〜。そうしよー！　その人《ひと》と楽《たの》しんじゃおーっと」


えっ、まさか……それって綾瀬《あやせ》のことじゃないだろうな？

同《おな》じクラスの綾瀬恋雪《あやせこゆき》は、夏樹《なつき》と仲《なか》がいい。いつもマンガや音楽《おんがく》の話《はなし》で盛《も》りあがってるし。

夏樹《なつき》がさそいそうな男子《だんし》は、それくらいしか思《おも》いつかなかった。

いや、でも、綾瀬《あやせ》も受験生《じゅけんせい》だし、行《い》くわけ——行《い》くな。

あいつなら、夏樹《なつき》にさそわれたら行《い》かないわけがない。

楽《たの》しそうに花火見物《はなびけんぶつ》している二人《ふたり》の姿《すがた》が頭《あたま》をよぎる。

いや、ダメだろ。夏樹《なつき》、全然警戒心《ぜんぜんけいかいしん》とかないし。わかってないし。


「……やっぱ楽《たの》しそうだな、けっこう行《い》きたいかも」

そう言《い》いなおすと、夏樹《なつき》が満面《まんめん》の笑《え》みを浮《う》かべて、ズイッと顔《かお》をよせてきた。

「でっしょ〜!?」

お、おい、か、顔《かお》、近《ちか》いだろ！

オレはあせってグイッと身《み》を引《ひ》いた。ゴクンッとのどがなる。

しばらく、オレたちは見《み》つめあっていた。

息《いき》をつめていると、夏樹《なつき》がニコーッと笑《わら》ってはなれる。

「そうと決《き》まれば、準備《じゅんび》しなきゃ！　じゃ、勉強《べんきょう》がんばってね〜！」

ピョンとベッドをおりると、夏樹《なつき》は上機嫌《じょうきげん》に部屋《へや》を出《で》ていく。

ハァーと深《ふか》く息《いき》をはきだしたオレは、ひたいにかかる髪《かみ》をかきあげた。

そういえば、久《ひさ》しぶりだな。子《こ》どものころはよくいっしょに花火大会《はなびたいかい》に行《い》ったけど。

ちょっとは……楽《たの》しみかも？　じゃない。オレは受験生《じゅけんせい》だろ！

気持《きも》ちを切《き》りかえて問題集《もんだいしゅう》に目《め》をとおす。

けど……頭《あたま》に夏樹《なつき》の顔《かお》がちらついて、オレは思《おも》わず立《た》ちあがった。

なに思《おも》いだしてんだ。あわてて座《すわ》りなおしたけど、全然《ぜんぜん》、問題文《もんだいぶん》が頭《あたま》にはいってこない。

……ダメだ。

「集中《しゅうちゅう》できねー」

ため息《いき》まじりにつぶやいて、オレはベッドによりかかるようにしてのけぞった。

♥美桜《みおう》のはなし◆◆◆花火大会《はなびたいかい》の当日《とうじつ》♥

八月五日《がついつか》、花火大会《はなびたいかい》の当日《とうじつ》がやってきた。

わたし《美桜《みおう》》はお母《かあ》さんに浴衣《ゆかた》を着《き》せてもらう。

ギュッとしまった帯《おび》に、「うっ」と声《こえ》がもれた。

「きつい？」

「ううん、大丈夫《だいじょうぶ》」

帯《おび》を結《むす》びおえると、わたしは鏡《かがみ》の前《まえ》で自分《じぶん》の浴衣姿《ゆかたすがた》をたしかめる。

お化粧《けしょう》もして、ほんの少《すこ》しだけいつもよりも背《せ》のびした。

春輝《はるき》くん、なんて言《い》うかな……かわいいって思《おも》われたいな……思《おも》ってくれるかな？

「お盆明《ぼんあ》けに、行《い》こっか」

お母《かあ》さんが急《きゅう》に言《い》ったから、なんのことかわからなくて、「え？」ときかえした。

「美桜《みおう》を助《たす》けてくれた人《ひと》に、ごあいさつに」

「本当《ほんとう》!?」

「先方《せんぽう》から連絡《れんらく》があってね、そろそろいいんじゃないかって」

「そろそろって？」

「あ……ううん」

お母《かあ》さんはあいまいに答《こた》えて、ほほえんだ。

「忘《わす》れ物《もの》はない？　もう時間《じかん》でしょ？　はい」

「あ、本当《ほんとう》だ！」

出《で》かける時間《じかん》になっていて、わたしはお母《かあ》さんから巾着《きんちゃく》を受《う》けとる。

「お母《かあ》さん、ありがと。行《い》ってきます！」

「気《き》をつけるのよ」

見《み》おくってくれるお母《かあ》さんに、わたしは「はーい！」と笑顔《えがお》で返事《へんじ》した。

美桜《みおう》と春輝《はるき》のはなし……夜店《よみせ》

待《ま》ちあわせ場所《ばしょ》の駅前《えきまえ》は、花火見物《はなびけんぶつ》の人《ひと》たちでにぎわっている。

わたしが到着《とうちゃく》した時《とき》にはもうなっちゃんや瀬戸口《せとぐち》くん、それに望月《もちづき》くんが来《き》ていた。まだ来《き》ていないのは、春輝《はるき》くんと、あかりちゃんだけだ。

待《ま》つあいだ、わたしは落《お》ちつかなくて自分《じぶん》の髪《かみ》に手《て》をやる。

どこも……へんじゃないかな。髪《かみ》とか、帯《おび》とかも大丈夫《だいじょうぶ》だよね？

「あ、来《き》た来《き》た！」

なっちゃんの声《こえ》に、わたしはパッと顔《かお》をあげた。

春輝《はるき》くんとならんで歩《ある》いているのは、あかりちゃんだった。

「な、なんで二人《ふたり》がいっしょに!?」

望月《もちづき》くんがびっくりしてきくと、春輝《はるき》くんとあかりちゃんは顔《かお》を見《み》あわせる。

「そこでバッタリ会《あ》ってさ」

「うん」

浴衣姿《ゆかたすがた》のあかりちゃんは、ニコッとほほえんだ。

そんなあかりちゃんに、望月《もちづき》くんはポーッとなって見《み》とれている。

「じゃ、行《い》くか」

瀬戸口《せとぐち》くんがうながすと、なっちゃんが「レッツゴー!」と元気《げんき》よく号令《ごうれい》をかけた。


それぞれ女子《じょし》と男子《だんし》のグループにわかれて、話《はなし》をしながら歩《ある》きだす。

わたしは出《で》がけにお母《かあ》さんとした話《はなし》のことを、なっちゃんとあかりちゃんに打《う》ちあけた。

「ええ!? 例《れい》の恩人《おんじん》さんに会《あ》えるの!?」

なっちゃんがおどろいて、声《こえ》を大《おお》きくする。

「うん、お盆明《ぼんあ》けに」

「どんな人《ひと》なんだろう？　すっごく楽《たの》しみ～！」

ウキウキしたように言《い》うなっちゃんに、わたしは首《くび》をかしげた。

「どうしてなっちゃんが楽《たの》しみなの？」

「だってだって、ドラマチックじゃない？」

なっちゃんはあかりちゃんに、「ねえ？」と話《はな》をふった。

「うん。きっと相手《あいて》の人《ひと》も、美桜《みおう》ちゃんと会《あ》ったらすごくよろこぶと思《おも》うよ」

「そうかなぁ？　そうだといいなぁ」

わたしも、会《あ》えるのがすごく楽《たの》しみだった。


花火大会《はなびたいかい》の日《ひ》ということもあって夜店《よみせ》がならび、人《ひと》が行《い》きかっていた。

提灯《ちょうちん》の明《あ》かりが、あたりを照《て》らしている。

オレ《春輝《はるき》》はおもちゃのコルクガンをかまえて、慎重《しんちょう》に引《ひ》き金《がね》を引《ひ》く。

パンッという音《おと》がして、コルクがひな壇《だん》にならんだぬいぐるみに命中《めいちゅう》した。

「つしゃあ！」

ガッツポーズをとると、となりで見《み》ていた美桜《みおう》がパチパチと手《て》を叩《たた》く。

「すご〜い！」

美桜《みおう》の瞳《ひとみ》が明《あ》かりの下《した》で、キラキラ輝《かがや》いていた。

オレは景品《けいひん》のぬいぐるみを美桜《みおう》に差《さ》しだす。

「やるよ」

「いいの？」

「美桜《みおう》、こういうの好《す》きだろ？」

受《う》けとったぬいぐるみを、美桜《みおう》は大切《たいせつ》そうに両手《りょうて》でつつんでいた。

「……ありがとう」

うれしそうに顔《かお》をほころばせた美桜《みおう》に、オレはドキッとして顔《かお》をそらす。

「……あれ？　優《ゆう》たちは？」

オレがきくと、美桜《みおう》も気《き》づいてあたりを見《み》まわす。いつの間《ま》にか、いるのはオレたち二人《ふたり》だけになっていた。

夜店《よみせ》のわきに移動《いどう》したわたし《美桜《みおう》》と春輝《はるき》くんは、他《ほか》のみんなに連絡《れんらく》をとってみる。

「ダメだ、でねぇ。既読《きどく》にもなんねーし」

「そっか……」

「えっと……しょーがねぇから、二人《ふたり》でまわるか」

「……うん」

「よし、じゃあ行《い》こうぜ」

いつもよりも少《すこ》しゆっくりなペースで歩《ある》きだした春輝《はるき》くんのあとを、わたしはついていった。

蒼太《そうた》とあかり、優《ゆう》と夏樹《なつき》のはなし

ぼく《望月蒼太《もちづきそうた》》たちは物陰《ものかげ》に隠《かく》れながら、春輝《はるき》と合田《あいだ》さんの姿《すがた》を見《み》おくる。

これって、はたから見《み》ればかなり怪《あや》しいよね？

「ふふふ……いー雰囲気《ふんいき》じゃん！　そのままつきあっちゃえ！」

「よけいなことを……」

夏樹《なつき》のとなりで、優《ゆう》がヤレヤレというようにため息《いき》をもらした。

「ふふ、なっちゃんらしいね」

あかりんの楽《たの》しそうな笑顔《えがお》に、ぼくはホワーンとなる。

あ〜あかりん、かわいい〜、マジ天使《てんし》〜！

しかも、今日《きょう》は浴衣《ゆかた》だよ？　あかりんの浴衣姿《ゆかたすがた》を拝《おが》める日《ひ》がくるなんて、思《おも》わなかった。

いいなー、話《はな》しかけちゃおうかなぁ？　いいよね？　夏《なつ》だし！　花火大会《はなびたいかい》だし！

今日《きょう》くらいは許《ゆる》される気《き》がする。というか、今日《きょう》、話《はな》しかけなくて、いつ話《はな》しかけるんだよ!?

よし、行《い》け、望月蒼太《もちづきそうた》。ほら、がんばれ。男《おとこ》らしく。

ぼくはバッとあかりんのほうをむく。

いや、ムリムリムリ。やっぱ、ムリ――――っ!!!

ううっ、我《われ》ながら意気地《いくじ》がなさすぎる……！

「行《い》くぞ、夏樹《なつき》。あの二人《ふたり》はほっとけ、なるようになる」

「え〜、でもぉ〜」

優《ゆう》を見《み》あげた夏樹《なつき》が、不満《ふまん》そうな声《こえ》をあげる。

「おまえ、腹《はら》へってるだろ？　なんかおごってやるよ」

「ホント!?　やった〜！　じゃあねぇ、フランクフルトとイカ焼《や》きとジャガバター！」

夏樹《なつき》は優《ゆう》のあとについていきながら、食《た》べたいものを指《ゆび》おり数《かぞ》えはじめる。

「あとチョコバナナとリンゴアメと、綿《わた》アメも！」

「おまえ……オレを破産《はさん》させる気《き》か？」


はぁ〜〜、なんで、優《ゆう》みたいにさりげなく自然《しぜん》にさそえないんだろ？

まあ、この二人《ふたり》は幼《おさな》なじみだから特別《とくべつ》なんだろうけどさ。

ぼくなんて一人《ひとり》で舞《ま》いあがって、ろくに話《はな》しかけることもできないんだから。

あかりんの前《まえ》じゃ、全然《ぜんぜん》、余裕《よゆう》なんてないよ……。


肩《かた》を落《お》としていると、「あっ！」という少《すこ》しあせった声《こえ》がきこえた。

パッと顔《かお》をあげると、あかりんがよろけている。

「あぶない！」

ぼくは反射的《はんしゃてき》に両腕《りょううで》を伸《の》ばして、倒《たお》れかけたあかりんを受《う》けとめる。

ホッとしていたぼくは、急《きゅう》に我《われ》に返《かえ》ってあかりんから手《て》をはなした。

「ご、ご、ご、ごめん!!!」

ま、まずい。なんか、心臓《しんぞう》が……心臓《しんぞう》が……へんになる!!

「う、ううん」

あかりんは小《ちい》さな声《こえ》で言《い》うと、ぼくを見《み》あげた。

「ありがとう」

ニコッとほほえんだあかりんに、ぼくはボッと火《ひ》がついたように赤《あか》くなる。

「い、いえ！」

緊張《きんちょう》してつったったままでいるぼくらを、「おい！」と優《ゆう》が呼《よ》んだ。

「早《はや》く来《こ》いよ。おいてくぞ！」

あかりんが少《すこ》したためらってから、口《くち》をひらく。

「わたしたちも行《い》きましょうか」

「は、はい!!」

ぼくはしゃがんで、落《お》ちていたあかりんの巾着《きんちゃく》を拾《ひろ》いあげる。それを差《さ》しだすと、あかりんがニコッとほほえんだ。

「ありがとう」

その一言《ひとこと》だけで、ぼくの胸《むね》の奥《おく》にじんわりと熱《ねつ》がたまっていく。

そうだ……部活《ぶかつ》オンリーなんて悲《かな》しすぎるって言《い》ったのはぼくじゃないか。

だから、思《おも》い出《で》をつくりたい。一生《いっしょう》、忘《わす》れられないような思《おも》い出《で》を――。

春輝《はるき》のはなし◆◆◆公園《こうえん》

人《ひと》でごったがえしている道《みち》を、オレ《春輝《はるき》》たちは歩《ある》いていた。

やっぱ、いねーな。どうせ、おせっかいなこと、たくらんでんだろうけど。

遅《おく》れがちについてくる美桜《みおう》が、つかれたような息《いき》をはく。顔色《かおいろ》もあまりよくないみたいだった。

「美桜《みおう》、大丈夫《だいじょうぶ》か？」

「うん、大丈夫《だいじょうぶ》。ちょっと暑《あつ》い……」

そう言《い》いながらもつらいのか、美桜《みおう》はその場《ば》にしゃがみこむ。

「美桜《みおう》!?」

オレはあせって身《み》をかがめた。

「美桜《みおう》!!」


人《ひと》ごみをさけて、オレたちは近《ちか》くの公園《こうえん》に移動《いどう》する。

自動販売機《じどうはんばいき》でジュースを買《か》い、ベンチで待《ま》っていた美桜《みおう》のところにもどった。

「ん、冷《つめ》たいの買《か》ってきた」

ジュースを差《さ》しだすと、美桜《みおう》が「ありがとう」と受《う》けとった。

「ごめんね……花火《はなび》始《はじ》まるのに……」

「全然《ぜんぜん》、オレも休《やす》みたかったし」

というか、美桜《みおう》が具合悪《ぐあいわる》そうなの、気《き》づかなかったオレが悪《わる》いし……。

美桜《みおう》はジュースをあけてコクンと飲《の》む。


「……恩人《おんじん》って？」

オレがためらいがちにきくと、美桜《みおう》が「え？」と顔《かお》をあげた。

「さっき、夏樹《なつき》と話《はな》してただろ」

誰《だれ》かに会《あ》えるのがよほどうれしいのか、美桜《みおう》はほおを赤《あか》くして笑《わら》っていた。だから、気《き》になって……。

「昔《むかし》ね、お世話《せわ》になった人《ひと》がいて。ずっとお礼《れい》を言《い》いたいなぁって思《おも》ってたんだけど、機会《きかい》がなくて。今度《こんど》、その人《ひと》に会《あ》えることになったの」

美桜《みおう》はそう言《い》うと、ほおをゆるめた。やっぱ、大事《だいじ》な人《ひと》……なんだな。

「その人《ひと》って男《おとこ》？」

「え？　うん」

オレは「ふぅん……」と、顔《かお》をそらす。

その時《とき》、ヒュ〜〜〜、ドーーーンと、音《おと》が鳴《な》り響《ひび》いて空《そら》がパッと明《あか》るくなった。

「あ……」

ようやく始《はじ》まった花火《はなび》に、オレたちはしばらく話《はなし》をやめて空《そら》を見《み》つめた。


わたし《美桜《みおう》》と春輝《はるき》くんは公園《こうえん》のベンチに座《すわ》っていた。

空《そら》は明《あか》るくなっては、また薄暗《うすぐら》くなる。花火《はなび》の音《おと》と、歓声《かんせい》が遠《とお》くからかすかにきこえていた。

「ここからじゃ見《み》えないな」

「春輝《はるき》くん、行《い》って」

「え?」

「わたし、ここで休《やす》んでるから。せっかく花火見《はなびみ》にきたんだし……」

「いーよ。一人《ひとり》で見《み》てもしょーがねーし」

わたしは申《もう》しわけなくて、「……ごめんなさい」と小声《こごえ》であやまった。

春輝《はるき》くんは困《こま》ったようにガシガシと頭《あたま》をかく。それから、ふと、アスレチックの遊具《ゆうぐ》を見《み》て、

「……ん？」と声《こえ》をもらした。

あ、そうか……あの上《うえ》なら花火《はなび》、見《み》えるかも。

遊具《ゆうぐ》まで移動《いどう》して上《うえ》までのぼると、建物《たてもの》のかげになっていた花火《はなび》がよく見《み》えた。

わたしは思《おも》わず感動《かんどう》して、「わあ」と声《こえ》をあげる。

「きれい……」

星《ほし》の瞬《またた》く夜空《よぞら》に、パッと咲《さ》いては散《ち》る花火《はなび》。

金色《きんいろ》、赤《あか》に、オレンジ、みどり、青《あお》、黄色《きいろ》、紫《むらさき》……こんなにもたくさんの色《いろ》があるんだ。

わたしは気分《きぶん》が悪《わる》かったことも忘《わす》れて、花火《はなび》にみいる。


「絵《え》、進《すす》んでる？」

春輝《はるき》くんが思《おも》いだしたようにたずねた。

「……えっと、ごめんなさい。なやんじゃって」

「そっか。その……楽《たの》しみにしてっから」

春輝《はるき》くんがわたしを見《み》て笑《わら》う。

「美桜《みおう》、カメラで撮《と》られるのはムリって言《い》ってたじゃん？　でも絵《え》なら……」

言《い》いかけた春輝《はるき》くんの耳《みみ》が、じんわり赤《あか》くなっていた。

「なんつーか、映画研究部最後《えいがけんきゅうぶさいご》の映画《えいが》だし……できれば、美桜《みおう》にも参加《さんか》して欲《ほ》しい……と思《おも》って」

「……がんばります」

春輝《はるき》くんは「うん」とうなずいてから、いつものように指《ゆび》でフレームをつくる。それを空《そら》にむけて、花火《はなび》がきれいに見《み》えるアングルをさがしていた。

きっと、いま……春輝《はるき》くんの目《め》にはカメラで撮《と》った映像《えいぞう》が見《み》えてるんだろうな。

恋《こい》の色《いろ》は……たぶん、一つじゃない。うまくいかないと暗《くら》い夜《よる》みたいになるけど……。

でも、ちょっとしたことで気持《きも》ちがはじけて、いろんな色《いろ》が生《う》まれて、世界《せかい》がきらめいて見《み》える。

まるで、花火《はなび》みたいに――。

わたしはこっそり春輝《はるき》くんの横顔《よこがお》に目《め》をやる。

春輝《はるき》くんもふと、わたしのほうを見《み》たから、おたがいに目《め》があった。

パッと顔《かお》をそらしたけど、胸《むね》は高《たか》なっていく。

春輝《はるき》くんの手《て》も、わたしの手《て》も、もうほんの少《すこ》しでふれそうな距離《きょり》にあった。

10センチ……10センチより、近《ちか》づいたら……。

トクン、トクンと鳴《な》りつづける心臓《しんぞう》の音《おと》をききながら、わたしは緊張《きんちょう》してジッとしていた。

いまのわたしたち、なにかかわるのかな。いまよりも一歩《ぽ》、進《すす》める？

わたしから、踏《ふ》みだしてみたら……ダメかな？

ほんの少《すこ》しだけ勇気《ゆうき》をだせば、届《とど》くのに——。

「えっと……オレ、なんか食《た》べるもの買《か》ってく……」

立《た》ちあがろうとした春輝《はるき》くんのそでを、わたしは思《おも》わずキュッとつかむ。

春輝《はるき》くんはびっくりした顔《かお》をしていた。

でも、行《い》って欲《ほ》しくない。そばにいて欲《ほ》しい。いまだけでも……。

「……美桜《みおう》」

とまどうような春輝《はるき》くんの声《こえ》に、わたしの手《て》がピクッとふるえた。

おそるおそる顔《かお》をあげると、春輝《はるき》くんがわたしを見《み》つめていた。

「オレ――」

伸《の》ばされた春輝《はるき》くんの手《て》が、わたしの手《て》にふれようとする。

花火《はなび》の音《おと》が、心臓《しんぞう》の音《おと》をかき消《け》す。

わたしたちはおたがいから目《め》をそらせなかった。


不意《ふい》に耳《みみ》に飛《と》びこんできた犬《いぬ》の鳴《な》き声《ごえ》に、わたしたちはビクッとした。

とおりかかったのは、トイプードルを連《つ》れた散歩中《さんぽちゅう》の人《ひと》。

その姿《すがた》と犬《いぬ》の鳴《な》き声《ごえ》が遠《とお》ざかると、わたしと春輝《はるき》くんは顔《かお》を見《み》あわせた。

「ははは〜〜ははは」

「ふふふ〜〜ふふ〜〜」

どれくらい笑《わら》ってたのか、花火《はなび》の音《おと》で、わたしたちは空《そら》を見《み》あげる。

恋《こい》は花火色《はなびいろ》。恋《こい》の絵《え》、描《か》けそうな気《き》がする。わたしだけの恋《こい》の絵《え》が——。

この時《とき》のわたしは、ただうれしくて、なにもかもがうまくいくような、そんなフワフワした気《き》持《も》ちのなかにいた。

美桜《みおう》のはなし◆◆◆お盆《ぼん》のあと

お盆《ぼん》がすぎたある日《ひ》、わたしはお母《かあ》さんといっしょに出《で》かけていた。

わたしを助《たす》けてくれたあの人《ひと》に、ようやく会《あ》える。ここ数日《すうじつ》はそのことばかり気《き》になって、ずっとソワソワしていた。

「ねえお母《かあ》さん、わたしを助《たす》けてくれた人《ひと》ってどんな人《ひと》？」

強《つよ》い夏《なつ》の日《ひ》ざしのなかを歩《ある》きながら、わたしはお母《かあ》さんにきく。

「いい人《ひと》よ。危険《きけん》をかえりみず、見《み》ず知《し》らずの子《こ》を助《たす》けるなんて、なかなかできることじゃないわ」

「そうだよね。お礼《れい》、言《い》わないとね」

「そうね……」

お母《かあ》さんは、どうしてか少《すこ》しだけさびしそうに笑《わら》った。

そういえば、どうしてなかなか会《あ》わせてもらえなかったんだろう？

ずっと、あの人《ひと》のことを話《はな》してくれなかったのに。どうして急《きゅう》に……。

お母《かあ》さんが足《あし》をとめたので、わたしはふっと顔《かお》をあげる。

「……え。ここって……」

目《め》の前《まえ》にあるのは霊園《れいえん》だった。お母《かあ》さんは入《い》り口《ぐち》で売《う》られている仏花《ぶっか》を一束《ひとたば》買《か》う。

「お花《はな》、持《も》ってくれる？」

「あ、うん」

わたしはよくわからないまま、お母《かあ》さんから花《はな》を受《う》けとった。

水桶《みずおけ》を手《て》にしたお母《かあ》さんに「こっちよ」と、うながされて後《あと》をついていく。

「美桜《みおう》を助《たす》けてくれた人《ひと》はね、ここで眠《ねむ》ってるの」

「……え？」

「もともと体《からだ》が弱《よわ》かったらしいの。だからね、美桜《みおう》は気《き》にすることないって、先方《せんぽう》の親御《おやご》さんもおっしゃってたわ」

「気《き》にするって？」


お母《かあ》さんは通路《つうろ》をとおりぬけると、一つのお墓《はか》の前《まえ》で足《あし》をとめた。

「ここよ」

静《しず》かに告《つ》げられて、墓石《はかいし》に刻《きざ》まれた文字《もじ》を見《み》る。そこには、『芹沢家之墓《せりざわけのはか》』と書《か》かれていた。

「芹沢《せりざわ》……？」

「あ、マッチ忘《わす》れちゃった。ちょっと、さっきのお店《みせ》で借《か》りてくるわね」

お母《かあ》さんはそう言《い》うと、入《い》り口《ぐち》の店《みせ》に引《ひ》きかえしていく。

わたしはそのあいだ、お墓《はか》の前《まえ》で立《た》ちつくしていた。

こちらにやってくる人《ひと》に気《き》づいてふりむくと、そこにいたのは——。

「え？　明智先生《あけちせんせい》……？」

「合田《あいだ》……」

「先生《せんせい》が……どうしてここに？」

「友人《ゆうじん》の墓参《はかまい》りだ」

「友人《ゆうじん》？」

明智先生《あけちせんせい》はお墓《はか》に花《はな》と、いつも持《も》ちあるいている棒《ぼう》つきのアメをそなえる。

「芹沢千秋《せりざわちあき》……」

明智先生《あけちせんせい》はゆっくりと言葉《ことば》をつづける。


——春輝《はるき》の兄貴《あにき》だよ。

気《け》だるくなるような暑《あつ》い日《ひ》ざしと、鳴《な》りやまない蟬時雨《せみしぐれ》のなか、わたしは……。

第《だい》三章《しょう》

美《み》桜《おう》のはなし……芹《せり》沢《ざわ》家《け》のお墓《はか》の前《まえ》

わたし《美桜《みおう》》は明智先生《あけちせんせい》とむきあったまま、しばらく口《くち》をひらくことができなかった。

風《かぜ》がまわりの木々《きぎ》の葉《は》をゆらしていた。それにあわせて、足《あし》もとでも木《こ》もれ日《び》がおどる。

「今日《きょう》が命日《めいにち》だ。春輝《はるき》ん家《ち》は午前中《ごぜんちゅう》に来《き》てたんだな」

明智先生《あけちせんせい》はお墓《はか》にそなえてあった花《はな》に目《め》をやる。

暑《あつ》さのせいで花《はな》が下《した》をむいていた。

「命《めい》……日《にち》……？」

「合田《あいだ》こそ、誰《だれ》かの墓参《はかまい》りか？」

「あ……わたし……」

花《はな》を持《も》ったままの手《て》が、小《ちい》さくふるえる。

「昔《むかし》、助《たす》けてくれた恩人《おんじん》に会《あ》いにきたんです……いままでずっと会《あ》えなくて、それで……」

「恩人《おんじん》……合田《あいだ》、おまえ……！」

明智先生《あけちせんせい》はハッとしたようにわたしを見《み》た。

「そうか……千秋《ちあき》が助《たす》けた女《おんな》の子《こ》って」

先生《せんせい》の言葉《ことば》に、わたしは血《ち》の気《け》が引《ひ》いていくのがわかった。

そんな……助《たす》けてくれた人《ひと》が、もう亡《な》くなってて……。

それが、春輝《はるき》くんのお兄《にい》さんだったなんて……。


『春輝《はるき》くんが映画《えいが》撮《と》るのって、もしかして、お兄《にい》さんの影響《えいきょう》？』

『まあな、秋兄《あきにい》がいなかったら撮《と》ってなかったかも』


そんな会話《かいわ》をしたのは、夏休《なつやす》み前《まえ》のことだった。

帰《かえ》り道《みち》の途中《とちゅう》で……春輝《はるき》くんは楽《たの》しそうに笑《わら》っていた。

わたしはなにも知《し》らないで、あんなに浮《う》かれて。

ずっと、なにも知《し》らないで……！


「合田《あいだ》？」

明智先生《あけちせんせい》の呼《よ》ぶ声《こえ》に、わたしはハッとした。

「あの……春輝《はるき》くんはこのこと……」

「いや、知《し》ってたらとっくにオレに話《はな》してるだろうし、あいつもきいたらおどろくと思《おも》うぞ」

「――ないでください」

うつむいたまま、わたしは小《ちい》さな声《こえ》でお願《ねが》いする。

先生《せんせい》はよくきこえなかったのか、「え？」とききかえした。

「お願《ねが》いします……言《い》わないで……ください……」

もう一度《いちど》、同《おな》じ言葉《ことば》をくりかえすと、わたしは深《ふか》く頭《あたま》をさげる。足《あし》も手《て》もふるえて、立《た》っているのが精一杯《せいいっぱい》だった。

明智先生《あけちせんせい》は真剣《しんけん》な顔《かお》をして、「……。わかった……」と、答《こた》えてくれた。

わたしは頭《あたま》をあげられないまま、涙《なみだ》ぐみそうになるのを必死《ひっし》にこらえる。


この日《ひ》、家《いえ》にもどったわたしは……。

あかりちゃんやなっちゃんがほめてくれた、あの思《おも》い出《で》の絵《え》を、ぬりつぶした。

春輝《はるき》のはなし◆◆◆二学期《がっき》の通学路《つうがくろ》と学校《がっこう》

夏休《なつやす》みはあっという間《ま》に終《お》わって、今日《きょう》から二学期《がっき》が始《はじ》まる。

オレ《春輝《はるき》》は、優《ゆう》やもちたといっしょに朝《あさ》の通学路《つうがくろ》を歩《ある》いていた。

「あぁ〜、あっという間《ま》に夏休《なつやす》み終《お》わっちゃったよ！　短《みじか》い、短《みじか》いよ！」

もちたはさっきから、この調子《ちょうし》でぼやいていた。花火《はなび》を見《み》にいっただけじゃ、物《もの》たりなかったらしい。

「撮影《さつえい》はなんとかなりそうだけどな」

優《ゆう》の言葉《ことば》に、オレは「だな」と笑《わら》った。

「あとは『恋《こい》の絵《え》』の撮影《さつえい》とラストシーンだけだし」

「もう、二人《ふたり》とも映画《えいが》のことばっか。高校最後《こうこうさいご》の夏《なつ》だったんだよ!?　春輝《はるき》は合田《あいだ》さんと進展《しんてん》あったの!?」

「はぁ!?」

「そうだな。夏休《なつやす》み中《ちゅう》どうだったんだ？」

もちただけではなく、優《ゆう》までオレにそんなことをきいてくる。

「べっ……べつにどうも？」

優《ゆう》ともちたの視線《しせん》をさけるように、オレはあさってのほうをむいて答《こた》えた。

「花火大会《はなびたいかい》のあと、会《あ》うこともなかったし。部活帰《ぶかつがえ》りもしばらくいっしょに帰《かえ》れないって言《い》われてたしな」

優《ゆう》ともちたが、「えっ!?」とびっくりしたように声《こえ》をあげた。

「は!??　ど、どういうこと!?」

ふりむくと、もちたはあっけにとられたような顔《かお》をしていた。

どうって……知《し》らねえよ。オレだって。

「ん～、映画《えいが》の絵《え》とコンクール用《よう》の制作《せいさく》が佳境《かきょう》だからって言《い》ってたかな」

「じゃあべつに春輝《はるき》がどうこうってわけじゃないんだね？」

もちたがホッとしたように言《い》うと、優《ゆう》がつづけて口《くち》をひらく。

「まぁ、映画《えいが》の絵《え》は今日《きょう》が提出日《ていしゅつび》だからな。ちょっとは合田《あいだ》もラクになるんじゃないか？」

早坂《はやさか》や夏樹《なつき》はもう完成《かんせい》しているらしく、いつでもだせると連絡《れんらく》があった。

でも美桜《みおう》からの連絡《れんらく》は……。


「あ、ウワサをすれば合田《あいだ》さん」

もちたの声《こえ》に、オレはドキッとする。

美桜《みおう》はこちらに気《き》づくことなく、校門《こうもん》をはいっていくところだった。

「ねぇ、春輝《はるき》。声《こえ》かけなくていいの？」

オレが美桜《みおう》を見《み》つめていると、もちたがニヤニヤしながらきいてきた。

「うっうるせー！　おまえこそ早坂《はやさか》と進展《しんてん》あったのかよ！」

知《し》ってんだぞ!?　花火《はなび》の時《とき》に二人《ふたり》でいっしょにいたの。

話《はなし》をふると、もちたは急《きゅう》に真《ま》っ赤《か》になって「うぇえ!?」とおかしな声《こえ》をあげた。

「あ、あかりんと!?　そんなの、あるわけないよ！」

「人《ひと》のこと言《い》えねーじゃねーか！」

オレたちは軽口《かるくち》を叩《たた》きあいながら、校門《こうもん》をとおりぬけた。


その日《ひ》の古文《こぶん》の授業時間《じゅぎょうじかん》、オレはずっと携帯《けいたい》を見《み》つめていた。

『今日《きょう》の絵《え》、楽《たの》しみにしてる』

オレが送《おく》ったメッセージを、美桜《みおう》はまだ見《み》ていない。

やっぱり、へん……だよな？

花火見物《はなびけんぶつ》の日《ひ》から、一度《いちど》も美桜《みおう》に会《あ》えていない。夏休《なつやす》み中《ちゅう》、部活《ぶかつ》で毎日学校《まいにちがっこう》に来《き》ていたのに、美桜《みおう》とはすれちがいもしなかった。

いそがしくて会《あ》えなかっただけだったとしても、メッセージも送《おく》りかえしてこないなんて、やっぱりおかしい。美桜《みおう》はいつだって、ちゃんと返信《へんしん》してくれた。


まわってきた咲兄《さくにい》が、パシンと教科書《きょうかしょ》でオレの頭《あたま》を叩《たた》く。

「芹沢《せりざわ》くーん。堂々《どうどう》としすぎー」

うっせーな。わかってんだよ。オレはムッとしながら、「はーい」と返事《へんじ》をする。

でも、授業《じゅぎょう》よりも美桜《みおう》のことが気《き》になって、咲兄《さくにい》の説明《せつめい》が少《すこ》しも耳《みみ》にはいってこない。

なにかあったのか？　だったら、なんでそれをオレに言《い》ってくれないんだよ……。


放課後《ほうかご》、オレは優《ゆう》ともちたといっしょに、美術室《びじゅつしつ》にむかった。けれど、オレたちの前《まえ》におかれたのは早坂《はやさか》の絵《え》と夏樹《なつき》の絵《え》だけだ。

「美桜《みおう》のは？」

それに、この場《ば》には美桜《みおう》の姿《すがた》もない。

「美桜《みおう》ちゃん、先《さき》に美術室《びじゅつしつ》行《い》ってるのかと思《おも》ったんだけど……」

「電話《でんわ》しても出《で》なくてさー」

早坂《はやさか》も、夏樹《なつき》も、首《くび》をひねっている。

「合田《あいだ》さんどうしたんだろう？」

心配《しんぱい》そうに言《い》ったのはもちただ。でも、オレたちの誰《だれ》も、その理由《りゆう》を知《し》らない。

「あっ、きっと家《いえ》に絵《え》を忘《わす》れちゃったんだよ！　いまごろおおあわてでとりにいってるのかも！」

夏樹《なつき》が思《おも》いついたように、明《あか》るい声《こえ》で言《い》った。

「どうする？　春輝《はるき》。もうちょっとここで待《ま》たせてもらうか？」

優《ゆう》がオレを見《み》る。

「そうだな……」

イメージが思《おも》いうかばなくてなやんでいたみたいだし、それで制作《せいさく》が遅《おく》れてるのかもしれない。

でも、いくら待《ま》っても美桜《みおう》は来《こ》なくて……。

その日《ひ》は解散《かいさん》となり、絵《え》の選考《せんこう》は後日《ごじつ》ということになった。

春輝《はるき》のはなし◆◆◆学校《がっこう》

次《つぎ》の日《ひ》の昼休《ひるやす》み、オレは美桜《みおう》をさがして屋上《おくじょう》にむかう。美桜《みおう》はいつもここで、夏樹《なつき》や早坂《はやさか》と弁当《べんとう》を食《た》べているはずだ。でも、そこにいたのは二人《ふたり》だけで、美桜《みおう》はいなかった。

休《やす》みなのかと思《おも》ってきいたけど——。


「美桜《みおう》、学校《がっこう》には来《き》てるよ。でも、『今日《きょう》はお昼《ひる》、二人《ふたり》で食《た》べて』って」

夏樹《なつき》がちょっと声《こえ》のトーンを落《お》として答《こた》える。

「え、なんで」

「用事《ようじ》があるとか言《い》ってたけど……」

早坂《はやさか》も心配《しんぱい》そうに顔《かお》をくもらせた。

「なんか美桜《みおう》、元気《げんき》ないカンジだった。『恋《こい》の絵《え》』でなやんじゃってるのかなあ」

夏樹《なつき》も理由《りゆう》がわからないのか、「うーん」と考《かんが》えこんでいる。

「そんなの、だったら言《い》えばいいだけだろっ」

イラだって、オレは思《おも》わず声《こえ》を大《おお》きくした。二人《ふたり》のせいじゃない。それはわかってる。

けど……本当《ほんとう》に、どうしたんだ。こんなの、美桜《みおう》らしくない。

仲《なか》のいい早坂《はやさか》や夏樹《なつき》にも理由《りゆう》や事情《じじょう》を話《はな》さないなんて……。

「……とりあえず今日《きょう》、部活《ぶかつ》できいてみる！」

胸《むね》にたまっていたモヤモヤといっしょに息《いき》をはきだしてから、あらためて二人《ふたり》を見《み》る。

「ああ。オレもまた顔《かお》だすわ」


放課後《ほうかご》、オレは美術室《びじゅつしつ》に立《た》ちよってから、映画研究部《えいがけんきゅうぶ》の部室《ぶしつ》に足《あし》を運《はこ》んだ。

もちたと優《ゆう》はノートパソコンを前《まえ》に作業《さぎょう》している最中《さいちゅう》だった。オレが部屋《へや》にはいると、もちたがパッと顔《かお》をあげる。

「あっ、春輝《はるき》。合田《あいだ》さん、どうだった？」

もちたの横《よこ》をとおりすぎて、自分《じぶん》の使《つか》っている机《つくえ》にむかう。

「今日《きょう》も部活《ぶかつ》に来《き》てなかった」

「え!?」

もちたの声《こえ》に、作業《さぎょう》をしていた優《ゆう》もふりかえった。二人《ふたり》はとまどうように顔《かお》を見合《みあ》わせる。

「合田《あいだ》さん、ホントにどうしたんだろう……」

「……オレがきいてえよ……」

オレは眉間《みけん》にギュッとしわをよせる。

メッセージも返《かえ》ってこないから、どうしようもない。

「絵《え》の撮影《さつえい》はそんなに時間《じかん》はかからないからまだ引《ひ》っぱれるけど、ラストシーンはそうも行《い》かないぞ」

優《ゆう》の言葉《ことば》をきき流《なが》しながら、オレはカバンをつかんだ。

「先《さき》に撮《と》れてる分《ぶん》の編集《へんしゅう》やっちゃおうよ。棒《ぼう》つなぎはもうできてるし、あとは監督《かんとく》が細《こま》かく切《き》ってくれれば……」

「……帰《かえ》るわ」

「えっ!?　春輝《はるき》!?」

もちたの声《こえ》と二人《ふたり》の視線《しせん》を無視《むし》して、急《いそ》ぎ足《あし》で部室《ぶしつ》をあとにした。

なんでだよ、美桜《みおう》……。

けわしい表情《ひょうじょう》のまま、オレは廊下《ろうか》をとおりぬける。

花火見物《はなびけんぶつ》の時《とき》、『がんばります』って言《い》ったの……オレはきいたぞ？

できないなら、できないでかまわない。ただ、オレは……オレが知《し》りたいのは理由《りゆう》だけだ。なんで、なにも言《い》ってこないのか。その理由《りゆう》が美桜《みおう》の口《くち》からききたかった。

美桜《みおう》のはなし◆◆◆美桜《みおう》の部屋《へや》と、学校《がっこう》

家《いえ》に帰《かえ》ったわたし《美桜《みおう》》は、カバンをおろすと制服《せいふく》のままベッドに倒《たお》れこんだ。布《ぬの》でおおわれたキャンバスを、ぼんやりと見《み》つめる。

今日《きょう》の放課後《ほうかご》、春輝《はるき》くんを見《み》かけたのに声《こえ》をかけられなかった。

『言《い》わないで……ください……』

『……。わかった……』

まだ、耳《みみ》のなかにあの日《ひ》の蟬時雨《せみしぐれ》が――残《のこ》ってる気《き》がした。

『でもな、合田《あいだ》。その千秋《ちあき》は……春輝《はるき》の兄貴《あにき》はもともと体《からだ》が弱《よわ》くてな。それでも、困《こま》ってる人《ひと》がいれば体《からだ》を張《は》って助《たす》けに行《い》っちまうようなやつだった……』

明智先生《あけちせんせい》は懐《なつ》かしむように、少《すこ》し目《め》を細《ほそ》めて空《そら》を見《み》つめていた。

『あの日《ひ》も千秋《ちあき》は……だから……』

先生《せんせい》は視線《しせん》をもどして、わたしをまっすぐに見《み》ながら言葉《ことば》をつづけた。

『合田《あいだ》が気《き》に病《や》むことはない。あいつの分《ぶん》までしっかり生《い》きてくれたら、それでいいんだ』

思《おも》いかえすと、またじんわりと涙《なみだ》が瞳《ひとみ》をぬらしていく。それを、目《め》をつぶってこらえた。

わたし、卑怯者《ひきょうもの》だ……！

春輝《はるき》くん……ごめんね……ごめん。でも……わたし……言《い》えないよ。

わたしのせいで春輝《はるき》くんの大切《たいせつ》な人《ひと》がいなくなっちゃったのに！

これじゃあ、どんな顔《かお》して会《あ》えばいいか、わからない……!!

横《よこ》になったわたしは、シーツを力《ちから》いっぱいにぎりしめた。

もう、会《あ》っちゃいけないんだ――。


翌日《よくじつ》のお昼休《ひるやす》み、わたしは「ハァ――……」と深《ふか》いため息《いき》をつく。

席《せき》を立《た》とうとすると、そばにあかりちゃんとなっちゃんがやってきた。

ハッとして顔《かお》をあげたわたしに、二人《ふたり》はお弁当《べんとう》の包《つつ》みを見《み》せながらにっこりと笑《わら》った。


二人《ふたり》といっしょに屋上《おくじょう》にむかうと、いつものベンチに腰《こし》をかける。

「あ～、なんか三人《にん》で食《た》べるの久《ひさ》しぶりな感《かん》じ――！」

「夏休《なつやす》み明《あ》けてから初《はつ》だもんね」

わたしは「うん……」と、二人《ふたり》の言葉《ことば》に力《ちから》なくうなずいた。

「……ねえ美桜《みおう》、『恋《こい》』がテーマの絵《え》、なやんじゃってる？」

なっちゃんにきかれてビクッとする。

「春輝《はるき》となにか話《はな》した？」

わたしはブンブンと首《くび》を横《よこ》にふった。

「心配《しんぱい》してたよ。なにかあったんじゃないかって……」

あかりちゃんも、わたしを気《き》づかうように優《やさ》しく話《はな》しかけてくる。

「そう……なんだ……」

それ以上《いじょう》の言葉《ことば》が出《で》なくて、わたしはまた口《くち》をつぐんだ。

あかりちゃんと、なっちゃんは困《こま》ったように顔《かお》を見《み》あわせる。

「あっ！　そうだ！　憧《あこが》れの恩人《おんじん》さんとは会《あ》えた？」

なっちゃんが思《おも》いついたように話《はなし》を変《か》えた。でも、わたしは顔《かお》を強《こわ》ばらせただけで答《こた》えられない。

「そっか、お盆明《ぼんあ》けに会《あ》ったんだよね。素敵《すてき》な人《ひと》だった？」

あかりちゃんも身《み》を乗《の》りだしながらきいてくる。

おぼれた時《とき》のことや、お墓《はか》でのことが一気《いっき》に頭《あたま》をかけめぐってわたしはうつむいた。

ますます暗《くら》い顔《かお》になったから、なっちゃんが「あ、あれ⁉?」ととまどうような声《こえ》をあげる。

「……もう、絶対《ぜったい》に会《あ》えない人《ひと》だから……」

「……？　美桜《みおう》ちゃん……？」

ごめんね……二人《ふたり》とも。なにも話《はな》せなくて。わたし、ダメだね……平気《へいき》な顔《かお》、できない。


「美桜《みおう》!!!」

大《おお》きな声《こえ》で呼《よ》ばれて、わたしは身《み》をかたくした。

「！　あ……春輝《はるき》……ちょうどいま、美桜《みおう》と……」

なっちゃんが春輝《はるき》くんに声《こえ》をかける。

「ごめん、行《い》くね」

「え！　美桜《みおう》？」

わたしはお弁当《べんとう》をしまって立《た》ちあがり、急《いそ》いでその場《ば》をはなれようとした。でも、春輝《はるき》くんが立《た》ちふさがる。

「！　待《ま》てよ！」

とおりぬけようとしたけど、春輝《はるき》くんは行《い》かせてくれない。

「……どうしたんだよ……美桜《みおう》」

わたしは春輝《はるき》くんの顔《かお》を一度《ど》だけみてから、すぐに視線《しせん》をさげた。

だまっていると、春輝《はるき》くんはイラだったように声《こえ》を大《おお》きくする。

「なにか言《い》ってくれよ……！　じゃないとわかんないだろ！」

「……ごめんなさい、もうわたしとは話《はな》さないほうがいいと思《おも》う」

「…………!?　なんでだよ！」

目《め》を見《み》ひらいて、春輝《はるき》くんが問《と》いつめてきた。

「わたしは、ダメなの」

「ダメって、なにが!?」

「ダメなの!!」

力《ちから》いっぱいさけんで、立《た》ちつくしている春輝《はるき》くんの横《よこ》をすりぬける。そのまま、目《め》をつぶりながらかけだした。

こらえきれなかった涙《なみだ》が、あふれてくる。


知《し》らなければよかった。助《たす》けてくれたあの人《ひと》に会《あ》いたいなんて思《おも》わなければよかった。

なにも知《し》らなければ、春輝《はるき》くんともいっしょにいられた。

いまも、これからも……いままでどおり、笑《わら》っていられたのに。

この物語《ものがたり》の結末《けつまつ》はきっと……ハッピーエンドにはならない。

わたしたちの物語《ものがたり》は——。

春輝《はるき》のはなし◆◆◆通学路《つうがくろ》と学校《がっこう》

なんでだよ……なんで……。

屋上《おくじょう》で走《はし》りさる美桜《みおう》には、オレ《春輝《はるき》》のつぶやきは届《とど》かなかった。


カバンを手《て》に、オレは一人《ひとり》、いつもの通学路《つうがくろ》を歩《ある》く。

高台《たかだい》の階段《かいだん》の前《まえ》まできた時《とき》、その足《あし》をとめた。ドサッと腰《こし》をおろして、となりを見《み》る。

いつも美桜《みおう》がそこに座《すわ》って、スケッチをしていた。

オレはオレで、カメラいじくったり、雑誌《ざっし》を読《よ》んだり。おたがいにだまったままで……。

たまに、思《おも》いついてたわいもない話《はなし》をしたり。そんな時間《じかん》が、オレは好《す》きだった。

好《す》きだったんだ――。

オレは空《から》の手《て》を力《ちから》いっぱい握《にぎ》りしめる。

「10センチどころじゃないぐらい、はなれちまった……」

情《なさ》けないほど小《ちい》さな声《こえ》がもれる。

もちたの言《い》うとおりだ。一番大事《いちばんだいじ》な想《おも》いは、言葉《ことば》にしないと伝《つた》わらない。なにも言《い》わないでも伝《つた》わるなんて、きっとそれは……うぬぼれだったんだ。そんなことに、いま、気《き》づくなんて。

もう、はなれたこの距離《きょり》を、どうやって埋《う》めればいいのかもわからないのに……。

翌日《よくじつ》の放課後《ほうかご》、オレは映画研究部《えいがけんきゅうぶ》の部室《ぶしつ》にいた。

編集作業《へんしゅうさぎょう》をしているオレのそばで、優《ゆう》ともちたが夏樹《なつき》と早坂《はやさか》の絵《え》を見《み》ていた。

「……けっきょく、合田《あいだ》さんはまだ『恋《こい》の絵《え》』、描《か》いてないんだね」

もちたが、いつもより声《こえ》のトーンを落《お》として言《い》う。

「春輝《はるき》、どうする？　ラストシーンもまだ撮《と》ってないし、これ以上待《いじょうま》つのはスケジュール的《てき》にもきびしい……」

優《ゆう》がオレのほうを見《み》てきいてくる。

「わかった。早坂《はやさか》の絵《え》でいく」

パソコンの画面《がめん》を見《み》つめたまま、そう断言《だんげん》して作業《さぎょう》にもどる。

もちたが、「えっ！」と声《こえ》をもらした。明《あき》らかになにか言《い》いたそうな声《こえ》だった。

「合田《あいだ》とちゃんと話《はな》したのか？」

「スケジュール的《てき》にきびしいって言《い》ったの優《ゆう》だろ」

オレは画面《がめん》を見《み》つめたまま、返事《へんじ》した。

「いやそうじゃなくて……」

「……話《はな》そうとした。でも、なんかもう……ムリなんだよ」

「ムリって……いったいなにがあったの？」


『ダメなの!!』

そう、泣《な》きそうな声《こえ》でさけんだ美桜《みおう》の顔《かお》が、頭《あたま》からはなれない。


「なんもねえよ……」

小《ちい》さな声《こえ》でもらしてから、オレはマウスをにぎったままうつむいた。

「なんもねえからわかんねえんだよ」

「本当《ほんとう》に早坂《はやさか》の絵《え》でいいんだな？」

念押《ねんお》しするようにきく優《ゆう》に、オレは「だからそう言《い》ってるだろ」と答《こた》えた。

「いつまでも決《き》めないのは、先《さき》に描《か》いた二人《ふたり》に失礼《しつれい》だ」

美桜《みおう》の絵《え》を見《み》たいと思《おも》ったのは、オレのワガママだ……。


「で、でも、もうちょっとくらい待《ま》っても——」

「じゃあ待《ま》つか!?　このまま秋《あき》になったらほかのシーンと季節《きせつ》があわなくなるけどな！」

オレのキツい言《い》い方《かた》に、もちたがグッと押《お》しだまる。

「絵《え》のこと、夏樹《なつき》たちに伝《つた》えてくる。監督様《かんとくさま》は編集《へんしゅう》でおいそがしそうだからな」

優《ゆう》もオレの言葉《ことば》にカチンときたんだろう。皮肉《ひにく》まじりに言《い》って部室《ぶしつ》を出《で》ていってしまう。

「え……じゃ、じゃあぼくもっ！」

もちたも、この場《ば》に残《のこ》るのは気《き》まずかったのか優《ゆう》をおいかけていった。

「！　……くそっ!!!」

一人残《ひとりのこ》ったオレは、八《や》つ当《あ》たりのように机《つくえ》にこぶしを叩《たた》きつけた。


どうしろって言《い》うんだ。なにがダメで、どうしてダメなのか……それすら教《おし》えてもらえない。

でも、美桜《みおう》のあんな苦《くる》しくてたまらないって顔《かお》を見《み》たら……どうしようもないだろ？

それ以上《いじょう》、なにがきけるんだよ？

「お～お～、荒《あ》れてますねえ……」

そう言《い》いながら、フラッと部室《ぶしつ》にはいってきたのは咲兄《さくにい》だった。

「……なにしに来《き》たんだよ」

「オレ、顧問《こもん》だし」

「顧問《こもん》らしいことしたことないくせに」

「オレは部員《ぶいん》の自主性《じしゅせい》をおもんじるんだよ」

「……だったら、オレの視界《しかい》にはいらないところへ行《い》ってもらえませんかね？　集中《しゅうちゅう》できないので」

オレがムスッとして言《い》うと、咲兄《さくにい》は「ハイハイ」と引《ひ》きかえしていく。

ほんと、なにやってんだろうな。オレ……。

みんなにイラだちをぶつけて。でも、どうしたらいいのか、全然《ぜんぜん》、答《こた》えが出《だ》せない。

「咲兄《さくにい》」

口《くち》からもれたかすかな呼《よ》び声《ごえ》に、咲兄《さくにい》が足《あし》をとめてふりかえった。

「オレ、どうすりゃいいと思《おも》う？」

「合田《あいだ》のことか？」

オレはパソコンの画面《がめん》を見《み》つめたまま返事《へんじ》をしなかった。

「……言《い》っただろ。自主性《じしゅせい》をおもんじるって……」

咲兄《さくにい》はそう言《い》ってから、「けどまあ……千秋《ちあき》なら」と先《さき》をつづける。

「『おまえの信《しん》じるとおりやればいいだけだ』って、言《い》うんじゃないか？」

ニコッと笑《わら》うと、咲兄《さくにい》は部室《ぶしつ》をあとにした。

春輝《はるき》のはなし・・・その日《ひ》の夜《よる》・芹沢家《せりざわけ》の春輝《はるき》の部屋《へや》

風呂《ふろ》から上《あ》がったオレは、タオルで頭《あたま》をふきながら部屋《へや》にはいる。明《あ》かりをつけていないから薄暗《うすぐら》いままだった。机《つくえ》のうえには、カメラが出《だ》しっぱなしになっている。

秋兄《あきにい》なら、こんな時《とき》どうしてた？　なあ……答《こた》えてくれよ。

オレはカメラにそっと手《て》を触《ふ》れた。

「秋兄《あきにい》……」


オレはずっと、秋兄《あきにい》と咲兄《さくにい》のあとばかりくっついて歩《ある》いていた。

二人《ふたり》がやること、全部《ぜんぶ》マネしたくて。映画《えいが》に興味《きょうみ》を持《も》ったのも、秋兄《あきにい》が好《す》きだったからだ。

体《からだ》が弱《よわ》かった秋兄《あきにい》は入退院《にゅうたいいん》をくりかえすことが多《おお》かった。病室《びょうしつ》のベッドに身《み》を起《お》こして、秋兄《あきにい》はオレにこのビデオカメラの使《つか》いかたを教《おし》えてくれた。


『ほら、これが録画《ろくが》ボタン』

『ろくが?』

『これで映画《えいが》が撮《と》れるんだぞ』

『えいがって、あのえいが!? すげ――――!』

検査《けんさ》の結果《けっか》がよくて退院《たいいん》できた時《とき》には、オレをよく撮影《さつえい》に連《つ》れていってくれた。

オレはそれが楽《たの》しくて、秋兄《あきにい》や咲兄《さくにい》といっしょにいられるのがうれしくて、『秋兄《あきにい》、咲兄《さくにい》、撮《さつ》影行《えいい》こう、撮影《さつえい》！』とよくねだった。

秋兄《あきにい》の体調《たいちょう》があまりよくなくて、長期入院《ちょうきにゅういん》するようになってからは、オレは秋兄《あきにい》のかわりに一人《ひとり》で撮影《さつえい》することが多《おお》くなった。

病室《びょうしつ》から出《で》られない秋兄《あきにい》に、いろいろなものを撮影《さつえい》して、見《み》せたかった。

『へぇ、うまくなったな』

そう、秋兄《あきにい》にほめて欲《ほ》しくて……。

カメラのモニターをのぞきながら、二人《ふたり》で編集《へんしゅう》の仕方《しかた》や、撮《と》りかたをずっと話《はな》して、気《き》づけば面会時間《めんかいじかん》をとっくにすぎていて、看護師《かんごし》さんに怒《おこ》られたこともあった。


『なあ春輝《はるき》、映画《えいが》ってすごいよなぁ……』

いつだったか、秋兄《あきにい》がそんなことを口《くち》にしたことがある。

『映画《えいが》を見《み》たたくさんの人《ひと》たちを笑顔《えがお》にさせることができるんだからさ……』

『秋兄《あきにい》だからそういうの撮《と》れるんだと思《おも》うけどなぁ』

『おまえにだって撮《と》れる。オレに似《に》て、人《ひと》を楽《たの》しませるのが好《す》きなおまえなら』

『秋兄《あきにい》……』

『どんな話《はなし》でもいいからさ、春輝《はるき》のつくった映《えい》画《が》もっと見《み》せてくれよ。そんで、オレを笑《わら》わせてくれ！』

『うん！』

オレが大《おお》きくうなずくと、秋兄《あきにい》は目《め》を細《ほそ》めて笑《わら》っていた。

「からだボロボロでつらいはずなのにさ、楽《たの》しそうに笑《わら》うから。こっちまで笑《わら》っちゃうんだよな……」

オレは写真《しゃしん》に目《め》をやる。秋兄《あきにい》はあのころのまま、かわらずにそこで笑《わら》っていた。

「『おまえの信《しん》じるとおりやればいいだけ』、か……」

咲兄《さくにい》の言葉《ことば》を思《おも》いだして口《くち》にしてみる。

「そうは言《い》っても、どうすりゃいいかわかんねぇよ……」

オレは秋兄《あきにい》のようにはなれない――。

蒼太《そうた》のはなし……放課後《ほうかご》の部室《ぶしつ》

「なんだよこれ！」

放課後《ほうかご》の部室《ぶしつ》で、優《ゆう》がバンッと机《つくえ》を叩《たた》きながらつめよる。春輝《はるき》は頭《あたま》のうしろで手《て》を組《く》んだまま、ムスッとしていた。

ぼく《蒼太《そうた》》はどうしていいのかわからなくて、オロオロしながら春輝《はるき》と優《ゆう》の顔《かお》を交互《こうご》に見《み》る。

二人《ふたり》が衝突《しょうとつ》するなんて、うちの部《ぶ》でもめずらしい。ぼくはけっこう春輝《はるき》とぶつかるけど、いつも間《あいだ》にはいってくれるのは優《ゆう》だった。

本当《ほんとう》なら、ぼくがとめるべきなんだろうけど、この空気《くうき》のなかにはさすがにはいっていけない。

「めずらしいな。優《ゆう》がオレの編集《へんしゅう》にケチつけるなんて」

「いつもの春輝《はるき》の編集《へんしゅう》だったら、文句《もんく》なんかなかったさ。でも、これはなんだ!?」

春輝《はるき》はため息《いき》をもらして、イスにもたれかかっていた。

言《い》いかえさないのか、言《い》いかえせないのか……。

春輝《はるき》が黙《だま》っているから、優《ゆう》はますます怒《いか》り心頭《しんとう》になっていた。

「素人《しろうと》のオレだってわかる。テンポはメチャクチャ、せっかく撮《と》ったシーンもばっさりカット
……この映画《えいが》がなにを見《み》せたいのかわかんなくなってるぞ」

「ラストシーン撮《と》ってないんだから、まだわからないのは当《あ》たり前《まえ》だろ」

春輝《はるき》の投《な》げやりな言《い》いかたに、優《ゆう》がカッとなる。

「それで全部《ぜんぶ》どうにかなるようなラストなんだろうな!?」

「そんなの、撮《と》ってみなきゃわかんねえよ!」

「おまえな!!」

優《ゆう》はいまにも春輝《はるき》につかみかかりそうだった。

「ま、まあまあ! 二人《ふたり》とも落《お》ちついて……」

これ以上《いじょう》はマズいよ。なぐりあいのケンカなんて、シャレにならない。

「もちたは、これを見《み》てなんとも思《おも》わないのか!?」

「え!? いや、うーん……」

急《きゅう》に話《はなし》をふられたぼくは、すぐに答《こた》えられなくて言《い》いよどむ。

「なんだ、もちた。おまえも気《き》にいらないことがあるなら言《い》ってみろよ」

「気《き》にいらないっていうか……春輝《はるき》がなにか迷《まよ》ってる感《かん》じは伝《つた》わってきたよ」

おずおず答《こた》えると、春輝《はるき》がグッと顔《かお》を強《こわ》ばらせる。

それ以外《いがい》に、どう言《い》えばいいのかわからなかった。映像《えいぞう》はぼくも見《み》たけど……いつもの春輝《はるき》の編集《へんしゅう》じゃなかった。ごめん、春輝《はるき》。優《ゆう》の言《い》うとおりだよ。あれを『いい作品《さくひん》』だなんて、やっぱり言《い》えない。

「これで、本当《ほんとう》にいいラストシーンが撮《と》れるのかなって……思《おも》った……」

「……そうかよ」

春輝《はるき》はチッと舌打《したう》ちして、おもしろくなさそうにつぶやいた。

「!? あっ……えっと……」

で、でも、ぼくらは春輝《はるき》ほど映画《えいが》にくわしくないし。あれはあれで、破壊《はかい》と創造《そうぞう》が一体《いったい》になっていて、カオスっぽいっていうか……って、少《すこ》しもフォローになってない〜〜っ!

ぼくって、こういうとき無力《むりょく》すぎる。

「……わりぃ、ちょっと頭《あたま》、冷《ひ》やしてくる」

春輝《はるき》はそう言《い》いのこし、ぼくらと目《め》をあわせないまま部室《ぶしつ》を出《で》ていく。

「……ぼく、へんなこと言《い》っちゃったかな？」

優《ゆう》だけじゃなくて、ぼくにまで作品《さくひん》を否定《ひてい》されたから、さすがに春輝《はるき》もショックだったよね？

「……いや、よく言《い》った」

優《ゆう》は腕《うで》を組《く》みながら、そう言《い》った。

春輝《はるき》のはなし◆◆◆廊下《ろうか》と屋上《おくじょう》

部室《ぶしつ》を出《で》たオレ《春輝《はるき》》は、廊下《ろうか》を足早《あしばや》に歩《ある》いていた。そんなオレを呼《よ》びとめたのは咲兄《さくにい》だ。

話《はなし》があると言《い》われて、オレは咲兄《さくにい》についていく。

むかったのは職員室《しょくいんしつ》じゃなく、屋上《おくじょう》だった。

「……で、なんで屋上《おくじょう》？」

「ここなら誰《だれ》かにきかれる心配《しんぱい》がないからな」

咲兄《さくにい》はポケットから封筒《ふうとう》をとりだして、「ほれ」とオレに差《さ》しだす。

「優勝《ゆうしょう》おめっとさん」

オレは受《う》けとった封筒《ふうとう》を手《て》にしたまま、目《め》を見《み》ひらいた。

「よかったね〜、アメリカ留学《りゅうがく》。うらやましいな……」

咲兄《さくにい》はニコリともしないまま、白々《しらじら》しく言《い》う。


映画《えいが》のコンペ優勝通知《ゆうしょうつうち》……。

それはずっとオレが待《ま》ちわびてたもの。本当《ほんとう》なら、飛《と》びあがってよろこんでいたはずのものだ。

でも……なんで、『いま』なんだよ？

封筒《ふうとう》がオレの手《て》のなかでクシャッとしわになる。

なんで、このタイミングで言《い》うんだよ？

咲兄《さくにい》はそれ以上《いじょう》なにも言《い》わず、身《み》をひるがえして校舎《こうしゃ》のなかにもどっていく。

立《た》ちどまっている場合《ばあい》じゃない。なのに、オレは、迷《まよ》ってばかりだ……。

第《だい》四章《しょう》

美《み》桜《おう》のはなし……合田家《あいだけ》の美《み》桜《おう》の部屋《へや》

いつから絵《え》を描《か》きはじめたのかおぼえていない。

気《き》がついたら、いつもなにかを描《か》いていたように思《おも》う。わたし《美《み》桜《おう》》は、幼稚園《ようちえん》に通《かよ》っていたころから人《ひと》の輪《わ》にはいっていくのが苦手《にがて》で、一人《ひとり》で絵《え》を描《か》いていた。

そうすると、他《ほか》の子《こ》たちが集《あつ》まってきて、わたしの絵《え》を見《み》てよろこんでくれた。

パンダに、うさぎ、ネコ……頼《たの》まれるままに、色《いろ》んな絵《え》を描《か》いた。

わたしにとって絵《え》は、遊《あそ》び……コミュニケーション。覚《おぼ》えがき、気持《きも》ちの記憶《きおく》……思《おも》い出《で》。

高校《こうこう》にはいってからも、たくさん描《か》いた。

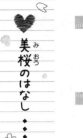

入学式《にゅうがくしき》の日《ひ》の桜《さくら》。高台《たかだい》の階段《かいだん》で、春輝《はるき》くんとならんで描《か》いた花《はな》の絵《え》。

こっそり描《か》いた春輝《はるき》くんの横顔《よこがお》。それから、水《みず》のなかの記憶《きおく》……。

クロッキー帳《ちょう》いっぱいに、毎日《まいにち》描《か》きつづけてきた絵《え》は、日記《にっき》のようで……。

でも、この先《さき》、春輝《はるき》くんとはいっしょにいられない。わたしがいっしょにいる未来図《みらいず》はない……。

そう思《おも》ったら――なにも描《か》けなくなった。

蒼太《そうた》のはなし◆◆◆朝《あさ》の学校《がっこう》

ぼく《蒼太《そうた》》は三年《ねん》二組《くみ》の教室《きょうしつ》で、脚本《きゃくほん》を見《み》なおしていた。

朝《あさ》のホームルーム前《まえ》のことだ。登校《とうこう》してきた生徒《せいと》たちは、みんな楽《たの》しそうだった。でも、ぼくも優《ゆう》も、浮《う》かれてはしゃぐ気分《きぶん》には少《すこ》しもなれなかった。

「卒業制作《そつぎょうせいさく》、完成《かんせい》するかなぁ？」

「……春輝《はるき》の調子《ちょうし》がもどらないとな」

優《ゆう》が授業《じゅぎょう》の予習《よしゅう》をしながら答《こた》える。

なんで、そんなに落《お》ちついていられるんだろうと、ぼくはこっそりため息《いき》をついた。

ぼくなんて、心配《しんぱい》で昨日《きのう》はろくに眠《ねむ》れなかった。

春輝《はるき》の調子《ちょうし》が悪《わる》い原因《げんいん》って、やっぱり合田《あいだ》さんだよね？

他《ほか》には思《おも》いあたらない。合田《あいだ》さんも様子《ようす》がおかしくて、夏樹《なつき》やあかりんが心配《しんぱい》していた。

二人《ふたり》のことが解決《かいけつ》しないとどうにもならないだろうけど……それって、解決《かいけつ》できることなのかな？

しなかったら、春輝《はるき》も合田《あいだ》さんも、このままってこと？　それはいやだよ……。

ぼんやり考《かんが》えごとをしていたぼくは、ふと窓《まど》の外《そと》に目《め》をやった。登校《とうこう》してきた春輝《はるき》の姿《すがた》を見《み》つけて、あせって身《み》を低《ひく》くする。

そんなぼくに気《き》づいて、「ん？　どうした？」と優《ゆう》が窓《まど》のほうに視線《しせん》を移《うつ》した。

「……なんでもちたが隠《かく》れんだ？」

「だって……昨日《きのう》、春輝《はるき》とケンカみたいになっちゃったじゃん。なんか気《き》まずくない？」

「もちたはなにも悪《わる》くないだろ」

優《ゆう》はイスを引《ひ》いて立《た》ちあがると、「行《い》くぞ」とぼくをうながす。

「え？　どこへ？」

「春輝《はるき》んとこに決《き》まってんだろ」

「ええっ!?」

いや、ちょっと待《ま》って。ムリ、ムリ。ムリだって。春輝《はるき》、まだ怒《おこ》ってるかもしれないし……。

「仲間《なかま》から逃《に》げてどうすんだ」

「ま、まってよ～」

優《ゆう》がさっさと教室《きょうしつ》を出《で》ていくので、ぼくも情《なさ》けない声《こえ》をあげながらあとを追《お》いかけた。


ぼくと優《ゆう》は春輝《はるき》と合流《ごうりゅう》すると、人気《ひとけ》のない裏庭《うらにわ》に移動《いどう》した。

春輝《はるき》が話《はなし》があるみたいだったからだ。

昨日《きのう》のケンカのことだと思《おも》っていたけど、春輝《はるき》がぼくらに差《さ》しだしたのは封筒《ふうとう》だった。

「これって……受賞者《じゅしょうしゃ》は、アメリカ留学《りゅうがく》できるってヤツだよな？」

優《ゆう》が封筒《ふうとう》の中身《なかみ》をとりだしてたしかめながらきく。

春輝《はるき》は「ああ」とうなずいた。

「大賞《たいしょう》とったの？　マジで？」

おどろくぼくに、春輝《はるき》は「ああ」ともう一度《いちど》しっかりうなずいた。

ぼくも優《ゆう》も息《いき》をのんで春輝《はるき》を見《み》つめる。

それから、二人《ふたり》して、「おおおお！」と声《こえ》をあげた。

「やったな、春輝《はるき》！」

「すごいよ！　春輝《はるき》、おめでとう！」

興奮《こうふん》で、ぼくらの頭《あたま》からはケンカのことなんてすっかり消《け》しとんでいた。

だって、本当《ほんとう》にすごいことだもの。

アメリカ留学《りゅうがく》は春輝《はるき》の夢《ゆめ》だった。それを、自《じ》力《りき》で勝《か》ちとったんだ!!

飛《と》びあがりたいほどうれしい。学校中《がっこうじゅう》のみんなに自慢《じまん》してまわりたいくらいだよ！

きっとこんなの知《し》っちゃったら、校長先生《こうちょうせんせい》が

また朝礼《ちょうれい》で得意満面《とくいまんめん》に言《い》うだろうけどさ。

ああっ、どうしよう。ぼくまでなんでか、胸《むね》が高《たか》なってきたーっ!!

って、ぼくが留学《りゅうがく》するわけじゃないんだけどね。


「オレの実力《じつりょく》なら当然《とうぜん》だろ」

おおっ、春輝《はるき》のオレ様強気発言《さまつよきはつげん》、出《で》たーっ！

なんだかそれも久《ひさ》しぶりな気《き》がして、ちょっと涙《なみだ》が出《で》そうになる。

そうだよ。これでこそ、ぼくらの春輝《はるき》なんだよ！

「つたく、調子《ちょうし》にのりやがって」

優《ゆう》も安心《あんしん》したように笑顔《えがお》になっている。

「ははっ、さすが春輝《はるき》だね！」

よかった。気《き》まずくなったままじゃないかって思《おも》ってたけど、心配《しんぱい》する必要《ひつよう》なかった。

「昨日《きのう》は悪《わる》かったな」

春輝《はるき》は頭《あたま》のうしろに手《て》をやって、ちょっと気《き》まずそうにあやまった。

「あ、ぜんぜん！」

誰《だれ》だって、スランプの時《とき》くらいある。ぼくなんて、三百六十五日《にち》のうちの三百日《にち》くらいはスランプだよ。でも、こうして春輝《はるき》も完全復活《かんぜんふっかつ》したみたいだし、映画《えいが》は絶対大丈夫《ぜったいだいじょうぶ》だよね？

ぼくも、「こっちこそ、へんなこと言《い》ってごめん」と頭《あたま》をさげた。

「留学《りゅうがく》の準備《じゅんび》があるから、卒業制作《そつぎょうせいさく》の映画《えいが》、早《はや》く完成《かんせい》させたいんだ。優《ゆう》、スケジュール調整《ちょうせい》、頼《たの》めるか？」

さっそくテキパキと指示《しじ》する春輝《はるき》に、優《ゆう》が「ああ」とうなずく。

優《ゆう》はきっと、ぼくより春輝《はるき》は大丈夫《だいじょうぶ》だって信《しん》じていた。だから、いつでも撮影再開《さつえいさいかい》できるように、念《ねん》いりに準備《じゅんび》をしていたんだ。ぼくも、張《は》りきらなきゃ。

「ラストシーンどうするか、決《き》まったら教《おし》えてよ。すぐ脚本《きゃくほん》におこすから！」

「おう、頼《たの》むぜ」

「でも本当《ほんとう》、すごいなぁ。もう一度見《いちどみ》せてよ」

「ああ」

ぼくたちは通知書《つうちしょ》の『大賞《たいしょう》』の文字《もじ》を何度《なんど》も見《み》なおしては、しばらく盛《も》りあがっていた。

春輝《はるき》が少《すこ》しだけ表情《ひょうじょう》をくもらせたことに、気《き》づかないまま——。

美桜《みおう》のはなし◆◆◆お昼休《ひるやす》み

お昼休《ひるやす》みになり、わたし《美桜《みおう》》はお弁当《べんとう》の包《つつ》みを手《て》に教室《きょうしつ》を出《で》ようとした。

ハッとしたのは、なっちゃんとあかりちゃんがドアのところで待《ま》っていたからだ。

「な、なっちゃん、あかりちゃん……」

「美桜《みおう》ちゃん、お弁当《べんとう》いっしょに食《た》べよう」

あかりちゃんがニコッと笑《わら》う。

「今日《きょう》ね、デザートブドウなの！　いっぱいあるから、いっしょに食《た》べよ！」

なっちゃんがいつもどおり、明《あか》るく言《い》いながらお弁当《べんとう》の包《つつ》みをわたしに見《み》せる。

わたしは「うん」と言《い》いたい気持《きも》ちをグッとこらえて、弱《よわ》くほほえんだ。

「ごめんね……今日《きょう》はやめとく」

「どうして？」

あかりちゃんにきかれたけど、わたしはうつむいて「……ごめん」としか言《い》えなかった。

二人《ふたり》は困《こま》ったように顔《かお》を見《み》あわせる。

それから、あかりちゃんが残念《ざんねん》そうに、「そっか……」と声《こえ》を落《お》とした。でも、なっちゃんは我慢《がまん》できなくなったみたいに足《あし》を踏《ふ》みだし、「やだ！」とわたしにギュッと抱《だ》きついてくる。

「美桜《みおう》といっしょに食《た》べる！」

「あ……なっちゃん……」

「いいって言《い》うまで絶対《ぜったい》はなさないから！」

なっちゃんは、そう言《い》いはると腕《うで》に力《ちから》をこめる。

「はなさないから！」

あかりちゃんまで、わたしを反対《はんたい》から抱《だ》きしめてきた。

なっちゃん、あかりちゃん……困《こま》る。困《こま》るよ……。

わたしは二人《ふたり》のあいだにはさまれて、どうしていいのかわからなくなった。

二人《ふたり》に引《ひ》っぱられて移動《いどう》したのは、いつもの屋上《おくじょう》だった。外《そと》は晴《は》れていて、気持《きも》ちのいい風《かぜ》が吹《ふ》いている。屋上《おくじょう》の庭園《ていえん》には、秋《あき》の花《はな》がかわいらしく咲《さ》いていた。

「いい色《いろ》の花《はな》だね」

「スケッチにいいかも！　ねえ、美桜《みおう》」

あかりちゃんとなっちゃんが話《はな》しかけてくれたけど、わたしは返事《へんじ》をしなかった。

「美桜《みおう》ちゃん、絵《え》……描《か》いてる？」

あかりちゃんが心配《しんぱい》そうにわたしのほうを見《み》てたずねる。

「時間《じかん》なくて……」

絵《え》を描《か》くのをやめたって言《い》えば、きっと二人《ふたり》をがっかりさせる。

「美術部《びじゅつぶ》、たまにはおいでよ」

「受験勉強《じゅけんべんきょう》しないといけないし……それにもう引退《いんたい》の時期《じき》だし……」

「それでいいの？」

なっちゃんがまじめな顔《かお》つきできいた。

「春輝《はるき》のことも、このままでいいの？　もう二度《にど》と、会《あ》えなくなっちゃうよ？」

「……え？」

「美桜《みおう》ちゃん、やっぱりきいてないの？」

わたしはゆっくり顔《かお》をあげて、あかりちゃんを見《み》る。

「……なんのこと？」

「春輝《はるき》、アメリカ行《い》っちゃうよ！」

そう答《こた》えたのはなっちゃんだ。わたしの口《くち》から、「え？」ととまどいの声《こえ》がもれる。

「優《ゆう》が言《い》ってたもん。春輝《はるき》、映画《えいが》のコンペで優勝《ゆうしょう》して留学《りゅうがく》ゲットしたって！」

「アメリカ……」

わたしはショックで、それ以上言葉《いじょうことば》がつづかなかった。

春輝《はるき》くんがアメリカ留学《りゅうがく》したがっていたのは知《し》っている。夢《ゆめ》だって、前《まえ》に話《はな》してくれたから。

でも……もっと、先《さき》のことだと思《おも》っていた。

春輝《はるき》くんが遠《とお》くに行《い》く。本当《ほんとう》に、本当《ほんとう》にもう……会《あ》えなくなるんだ。

春輝《はるき》のはなし……放課後《ほうかご》の学校《がっこう》と、高台《たかだい》

「失礼《しつれい》しました！」

オレ《春輝《はるき》》は頭《あたま》をさげて、咲兄《さくにい》といっしょに校長室《こうちょうしつ》を出《で》る。

ここに来《き》たのは、大賞受賞《たいしょうじゅしょう》の報告《ほうこく》と留学《りゅうがく》のことを校長《こうちょう》に伝《つた》えるためだった。

「……校長《こうちょう》、話長《はなしなが》すぎ」

「かわいい生徒《せいと》の前途《ぜんと》を祝福《しゅくふく》してるんだ。あの人《ひと》なりにな」

「はー、めんどくせ……」

「いちおう確認《かくにん》」

咲兄《さくにい》は廊下《ろうか》の真《ま》ん中《なか》で立《た》ちどまり、オレとむきあう。


「アメリカ、行《い》くのか」

オレはふっと視線《しせん》をそらした。咲兄《さくにい》はそんなオレをまっすぐ見《み》つめたままだ。

「行《い》くに決《き》まってんだろ」

「本当《ほんとう》に？」

「しつこいな！」

「夢《ゆめ》がかなうのに、なんでそんな迷《まよ》ってる顔《かお》してるんだ？」

咲兄《さくにい》に図星《ずぼし》をさされて、オレは言葉《ことば》につまる。

「なにか気《き》がかりでもあるのか？」

「……べつに」

オレは咲兄《さくにい》のほうをむけないまま、不機嫌《ふきげん》に答《こた》えた。

「留学《りゅうがく》のこと、合田《あいだ》に話《はな》したのか？」

「！　美桜《みおう》は関係《かんけい》ない」

ふりかえると、オレは咲兄《さくにい》をキッとにらんでつっぱねるように言《い》った。

「こういうことは、早《はや》く言《い》ったほうが――」

「関係《かんけい》ねーって言《い》ってんだろ！」

咲兄《さくにい》の言葉《ことば》をさえぎり、その場《ば》をはなれる。

なんなんだよ……全部《ぜんぶ》、見《み》すかしたみたいに！

留学《りゅうがく》はオレの夢《ゆめ》だった、目標《もくひょう》だった！　なのに……オレは、どうして迷《まよ》ってるんだ？

笑顔《えがお》の美桜《みおう》が頭《あたま》に浮《う》かんで、消《き》える。

なんだってんだ？

つらそうな表情《ひょうじょう》で立《た》ちさる美桜《みおう》を思《おも》いだして、歯《は》を食《く》いしばった。

「なんだってんだよ！」

校門《こうもん》を出《で》て横断歩道《おうだんほどう》の手前《てまえ》で足《あし》をとめたオレは、ムシャクシャして大声《おおごえ》ではき捨《す》てる。

もう……もう……わけわかんねーよっ!!


帰《かえ》り道《みち》、オレは気《き》づくと高台《たかだい》の階段《かいだん》に足《あし》をむけていた。

いないとわかっていても、毎日《まいにち》、ここをとおっている。もしかしたらと、ほんの少《すこ》し期待《きたい》する気持《きも》ちがあったからだ。でも、美桜《みおう》は……いない。たぶんもう、ここには立《た》ちよらないだろう。

『留学《りゅうがく》のこと、合田《あいだ》に話《はな》したのか？』

咲兄《さくにい》の言葉《ことば》を思《おも》いだして、くちびるをかんだ。

関係《かんけい》ない！　卒業《そつぎょう》すれば……どうせ、はなればなれになるんだ。いつまでもいっしょにいられるわけじゃない。そんなこと、わかっていたことだ。それが少《すこ》し早《はや》まっただけ。

オレはフイッと顔《かお》をそむけて歩《ある》きだす。

それだけのことなんだ……。

春《はる》輝《き》と美《み》桜《おう》のはなし◆◆◆それぞれの部屋《へや》

家《いえ》にもどったオレは、部屋《へや》にはいると、秋兄《あきにい》の写真《しゃしん》に目《め》をやった。

ずっと、映画《えいが》を撮《と》ってきた。映画監督《えいがかんとく》になるために……ずっと——。

いつから……？


『ねえ、秋兄《あきにい》の夢《ゆめ》はなに？』

秋兄《あきにい》が入院《にゅういん》していた病室《びょうしつ》で、オレはいつだったかそうきいた。学校《がっこう》で、『将来《しょうらい》の夢《ゆめ》』というテーマの作文《さくぶん》の宿題《しゅくだい》がだされたけれど、あのころのオレには自分《じぶん》のなりたいものも、夢《ゆめ》もわからなくて、原稿用紙《げんこうようし》を埋《う》められずにいた。

あの時《とき》、秋兄《あきにい》はなんて答《こた》えた？

『オレか？　オレは……』

指《ゆび》フレームをつくってオレをそのなかにいれる秋兄《あきにい》の姿《すがた》が、ふっと思《おも》いだされた。

そうだ。あの時《とき》、秋兄《あきにい》は笑《わら》って……。

『映画監督《えいがかんとく》』

そう、言《い》ったんだ。

写真《しゃしん》を指《ゆび》フレームのなかにおさめていたオレは、ハッとする。

え……秋兄《あきにい》の夢《ゆめ》って、映画監督《えいがかんとく》？　オレと同《おな》じ？

いや、ちがう。オレが秋兄《あきにい》の夢《ゆめ》を、追《お》いかけたいと思《おも》ったんだ。秋兄《あきにい》が見《み》られなかった夢《ゆめ》を……オレがかなえなきゃいけないと思《おも》った。でも、それは──オレの夢《ゆめ》じゃない。それは、秋兄《あきにい》の夢《ゆめ》。

映画監督《えいがかんとく》は本当《ほんとう》にオレの夢《ゆめ》なのか？

目《め》の前《まえ》がまっ暗《くら》になった気《き》がして、指《ゆび》フレームをくずす。


オレ自身《じしん》の夢《ゆめ》は……どこにあったんだろう？

オレは、なにになりたかったんだろう……。


自分《じぶん》の部屋《へや》のベッドに座《すわ》り、わたし《美桜《みおう》》は携帯《けいたい》を見《み》つめたままでいた。

『今日《きょう》の絵《え》、楽《たの》しみにしてる』

春輝《はるき》くんから送《おく》られてきたメッセージ。

それきり、わたしたちのやりとりはとぎれたままになっている。

「アメリカ……」


『アメリカ、行《い》くの？』

文字《もじ》を打《う》ちこんではみたものの、送信《そうしん》する勇気《ゆうき》がなくて顔《かお》を伏《ふ》せた。

「いっしょにいたら……きっと春輝《はるき》くんを苦《くる》しめる……」
終《お》わらせなきゃ。
ひらいたクロッキー帳《ちょう》から、パリッと、思《おも》い出《で》の絵《え》を切《き》りとる。
消《け》していこう……一枚《まい》、一枚《まい》……。
春輝《はるき》くんと出会《であ》った桜《さくら》の木《き》。二人《ふたり》で歩《ある》いた学校《がっこう》の廊下《ろうか》。花壇《かだん》、高台《たかだい》で描《か》いた花《はな》……。
破《やぶ》りすてようとしたのに、春輝《はるき》くんの姿《すがた》が目《め》のなかに浮《う》かんで手《て》がとまる。

破《やぶ》けない……。なんでかな？
ジワッと涙《なみだ》がにじんできて、絵《え》がぼやけて見《み》えた。
消《け》さないといけないのに。この想《おも》いは忘《わす》れないといけないのに。できないよ……。
着信《ちゃくしん》を知《し》らせる音《おと》が鳴《な》ったけど、わたしはすぐに出《で》られなくて電話《でんわ》をきった。
着信履歴《ちゃくしんりれき》をたしかめてみると、なっちゃんからだった。
もう一度《いちど》鳴《な》りだした電話《でんわ》に、涙《なみだ》をぬぐってから手《て》を伸《の》ばす。
「……はい」
鼻声《はなごえ》のまま出《で》ると、「美桜《みおう》、ヘルプミ〜！」となっちゃんの元気《げんき》な声《こえ》がきこえた。

美桜《みおう》のはなし◆◆◆商店街《しょうてんがい》の絵画教室《かいがきょうしつ》

なっちゃんに頼《たの》まれて、急《いそ》いでむかったのは商店街《しょうてんがい》だ。

その日《ひ》、町内会主催《ちょうないかいしゅさい》の絵画教室《かいがきょうしつ》がひらかれていた。なっちゃんがわたしに電話《でんわ》をかけてきたのは、その手伝《てつだ》いを頼《たの》みたかったからだ。

二人《ふたり》は、美術部《びじゅつぶ》の顧問《こもん》の先生《せんせい》に頼《たの》まれて、一日《にち》だけ指導《しどう》を引《ひ》きうけたみたい。

「ごめんね～。ムリにお願《ねが》いしちゃって。わたしとあかりだけじゃ不安《ふあん》で」

「一、二年《ねん》の子《こ》たちはコンクールのしめ切《き》りがあるし」

なっちゃんとあかりちゃんが、申《もう》しわけなさそうに言《い》う。

「ううん、大丈夫《だいじょうぶ》。ちゃんとやらないとね」

後輩《こうはい》にはよく教《おし》えていたけど、一般《いっぱん》の生徒《せいと》さん相手《あいて》に教《おし》えるのははじめてだ。

教室《きょうしつ》がはじまると、生徒《せいと》さんたちは真《ま》ん中《なか》のテーブルをかこんでそれぞれ好《す》きな場所《ばしょ》に座《すわ》る。

お年寄《としよ》りから、子《こ》どもまで、参加者《さんかしゃ》はいろいろだった。

「ではみなさん、まずは下書《したが》きからはじめてください」

あかりちゃんが、みんなの注目《ちゅうもく》を集《あつ》めながらいつもより少《すこ》し大《おお》きな声《こえ》で指示《しじ》する。

「ちなみに果物《くだもの》は、青木青果店《あおきせいかてん》さんからいただきました！　描《か》きおわったらみんなで食《た》べるのでお楽《たの》しみに～！」

なっちゃんが軽《かる》いノリで言《い》うと、生徒《せいと》さんたちがおかしそうに笑《わら》う。

わたしはそんな二人《ふたり》を、うしろのほうでぼんやりながめていた。

手伝《てつだ》いといっても、本当《ほんとう》は……二人《ふたり》だけでもじゅうぶんだったんじゃないのかな？

きっと、わたしがふさぎこんでいたから、外《そと》に連《つ》れだしてくれたんだ。


下《した》をむいていたわたしは、「……も〜、やだ！」という声《こえ》に顔《かお》をあげる。

ふくれっ面《つら》になっているのは、小《ちい》さな男《おとこ》の子《こ》だった。

「まだぜんぜん描《か》いてないじゃない。翔太《しょうた》がやりたいって言《い》ったんだから、最後《さいご》までがんばりなさい！」

お母《かあ》さんにしかられた翔太《しょうた》くんは、「やだ！」と途中《とちゅう》で絵《え》を投《な》げだしてしまった。

「絵《え》なんか描《か》きたくない！」

ダダをこねる翔太《しょうた》くんの言葉《ことば》に、わたしはドキンとした。まるで、自分《じぶん》の心《こころ》の声《こえ》みたいだったから。

「翔太《しょうた》！　やるって言《い》ったなら最後《さいご》までちゃんとやりなさい！」

「翔太《しょうた》くん、お姉《ねえ》ちゃんも手伝《てつだ》うから」

なっちゃんが話《はな》しかけても、翔太《しょうた》くんは「やだ！」とくりかえすばかりだった。

ポイッと放《ほう》りなげられた筆《ふで》が、わたしのエプロンに当《あ》たって床《ゆか》に落《お》ちる。それを見《み》たお母《かあ》さんが、「きゃ～、すみません！」とあせった声《こえ》をあげた。

「翔太《しょうた》、ごめんなさいは!?」

お母《かあ》さんに強《つよ》く言《い》われると、翔太《しょうた》くんはますます意固地《いこじ》になってそっぽをむいた。

「翔太《しょうた》！」

翔太《しょうた》くんは「う～」と、いまにも泣《な》きだしそうな顔《かお》になる。


「……描《か》きたくないときも、あるよね」

わたしはつぶやくようにもらして、床《ゆか》に落《お》ちた筆《ふで》をひろった。

なっちゃんもあかりちゃんも、他《ほか》の生徒《せいと》さんたちもわたしのほうを見《み》る。

「そういうときは、遊《あそ》んじゃおう」

翔太《しょうた》くんに歩《あゆ》みよると、わたしはしゃがんでニコッとほほえんだ。

「……なにするの？」

「頭《あたま》に思《おも》いうかぶ色《いろ》をだして、まぜまぜするの。いま、翔太《しょうた》くんの心《こころ》のなかにはどんな色《いろ》があるのかな？」

「……ぐちゃぐちゃ」

「どの色《いろ》かな？」

わたしが絵《え》の具《ぐ》のセットを見《み》せると、翔太《しょうた》くんは「これ……これとこれ」と絵《え》の具《ぐ》を指《ゆび》さす。

「よ〜し、全部《ぜんぶ》だしちゃおう」

パレットに、わたしは絵《え》の具《ぐ》をしぼりだした。

「え……いいの？」

とまどうようにきいてくる翔太《しょうた》くんに、「うん、やろう」とわたしはうなずいた。

「どんなふうにぐちゃぐちゃかな？」

筆《ふで》をわたしてたずねると、翔太《しょうた》くんは「こんなふう……」と絵《え》の具《ぐ》を筆《ふで》にとってまぜあわせる。

「きれいな色《いろ》になったね」

「……なんで？」

「不思議《ふしぎ》だね。描《か》いてみる？」

わたしがきくと、翔太《しょうた》くんは「うん」と返事《へんじ》をしてキャンバスに筆《ふで》を走《はし》らせる。

「翔太《しょうた》くんの心《こころ》の色《いろ》、きれいだね」

わたしがそう言《い》うと、翔太《しょうた》くんはうれしそうにこっちを見《み》た。

「もっと描《か》いていい？」

「もちろん」

いっぱいに描《か》いたキャンバスを新《あたら》しいものに交換《こうかん》すると、今度《こんど》は明《あか》るい色《いろ》をとりだして描《か》いていく。

「いいね、楽《たの》しいって感《かん》じがよく出《で》てる」

翔太《しょうた》くんは笑顔《えがお》になって、夢中《むちゅう》で描《か》いていた。

こんなふうに、わたしも楽《たの》しいっていう気持《きも》ちだけで描《か》いていたのに……。

それからわたしは、生徒《せいと》さん一人一人《ひとりひとり》をまわって、ていねいに教《おし》えていった。

楽《たの》しそうな人《ひと》たちを見《み》ていると、いつのまにか、わたしまで——。

教室《きょうしつ》が終《お》わると、生徒《せいと》さんたちが続々《ぞくぞく》と帰《かえ》っていく。

「どうもありがとう。楽《たの》しかったわ」

「こちらこそ、楽《たの》しかったです」

お年寄《としよ》りの女性《じょせい》を見《み》おくっていると、翔太《しょうた》くんがお母《かあ》さんといっしょにやってきた。

「先生《せんせい》、どうもありがとうございました」

「お姉《ねえ》ちゃん、また教《おし》えてね～！」

「うん。またね」

翔太《しょうた》くん、最後《さいご》まで楽《たの》しそうに絵《え》を描《か》いてくれた。それがうれしくて、わたしは帰《かえ》っていく二人《ふたり》の姿《すがた》を見《み》つめる。

「美桜《みおう》さ、やっぱ好《す》きでしょ？　絵《え》を描《か》いたり、教《おし》えたりすること。楽《たの》しい！　って顔《かお》をしてたよ」

なっちゃんに言《い》われて、わたしはハッとする。

そうだ……楽《たの》しかった。時間《じかん》も忘《わす》れるくらい楽《たの》しんでいた。

思《おも》わず、わたしは両手《りょうて》で顔《かお》をおおう。そのまま、力《ちから》が抜《ぬ》けたみたいにしゃがみこんだ。

「？　え？」

「ダメなの……」

「なにが？」

「わたしは楽《たの》しんだり笑《わら》ったりしちゃ……」

「なんで？」

なっちゃんがとまどうようにきく。


わたしは……春輝《はるき》くんの大切《たいせつ》な人《ひと》をうばった。そんなわたしが、幸《しあわ》せになっていいはずがない。

だから、わたしも大切《たいせつ》なものを全部《ぜんぶ》、あきらめようと思《おも》った。

絵《え》を描《か》くことも。なっちゃんやあかりちゃんと、いっしょにいることも。

春輝《はるき》くんとの時間《じかん》も。どれも、わたしのかけがえのないものだ。

春輝《はるき》くんと同《おな》じ心《こころ》の痛《いた》みを——わたしも。そう思《おも》ったのに……。


「どうして、そう思《おも》うのかわからないけど……でも、気持《きも》ちってとめられないよね」

あかりちゃんの優《やさ》しい声《こえ》に、わたしはピクッとする。

「『楽《たの》しい』とか『好《す》き』とか、そういう気持《きも》ちって、おさえようとすればするほど、あふれるから」

わたしは、顔《かお》を伏《ふ》せたままジッときいていた。

あふれてきた涙《なみだ》が、ポタポタと床《ゆか》に落《お》ちる。

必死《ひっし》でとめようとしても、消《け》そうとしても、『好《す》き』の気持《きも》ちはどこにもいってくれない。

わたしの心《こころ》にからみついて、苦《くる》しくなるほどしめつけてくる。

ダメなのに……ダメってわかっているのに……。

絵《え》を描《か》きたい。なっちゃんやあかりちゃんと

もっといっしょにいて、おしゃべりしたい。

「美桜《みおう》……？」

なっちゃんが心配《しんぱい》そうに顔《かお》をのぞきこんでく

る。

「うぅ～……！」

一度《いちど》こぼれだすと、気持《きも》ちも涙《なみだ》もとまらなくなって何度《なんど》も目頭《めがしら》をこする。

春輝《はるき》くんに会《あ》いたいよ……会《あ》いたいよっ！

「よしよし」

あかりちゃんにギュッと抱《だ》きしめられて、わたしはその胸《むね》によりかかった。

「え～っと……わ、わたしも！」

なっちゃんとあかりちゃんの腕《うで》のなかで、声《こえ》をあげて泣《な》きつづけた。


絵画教室《かいがきょうしつ》の片《かた》づけを終《お》えると、わたしたちは行《い》きつけのスイーツ店《てん》に足《あし》を運《はこ》んだ。

「いただきまーす！」

なっちゃんがパンケーキをほおばって、「ん～～、おいし～！」と満足《まんぞく》そうな声《こえ》をあげる。

「幸《しあわ》せ～」

あかりちゃんもパクッと一口《ひとくち》食《た》べてから、とろけそうな笑《え》みを浮《う》かべていた。

「ほら、美桜《みおう》も食《た》べなよ！」

なっちゃんにすすめられて、わたしは「うん」とうなずいた。

思《おも》いきり泣《な》いたから、目《め》のまわりはきっと真《ま》っ赤《か》になっている。いまもちょっと涙声《なみだごえ》だった。

少《すこ》し切《き》りとって食《た》べるわたしを、なっちゃんとあかりちゃんが見《み》つめていた。

「どう？」

「ん……おいしい」

「やっぱり、元気《げんき》になりたいときは、甘《あま》いものが一番《いちばん》だね」

「だね！　そんでさ、なやみごととかパーッと言《い》っちゃうと、すっきりするよっ」

あかりちゃんとなっちゃんが、明《あか》るく言《い》った。二人《ふたり》とも、わたしをはげまそうとしてくれている。

「ごめんね、心配《しんぱい》かけて……」

「いいんだよ、心配《しんぱい》いっぱいかけたって。だって、友《とも》だちじゃん！」

「なっちゃん……」

わたしはなっちゃんの優《やさ》しさに、また涙《なみだ》ぐみそうになった。お弁当《べんとう》に毎日《まいにち》さそってくれたのにいつも拒《こば》んでばかりで、さけるような態度《たいど》もとったのに。

「話《はな》すと、ちょっと楽《らく》になるかもしれないし。話《はなし》、きくよ？」

あかりちゃんも、そう言《い》ってくれる。


わたし、ずっと一人《ひとり》であれこれ考《かんが》えて、思《おも》いつめていた。バカだった。そのせいで、みんなをふりまわして、迷惑《めいわく》かけて。もっと早《はや》く、二人《ふたり》に相談《そうだん》しておけばよかったのに。

わたしはスカートを握《にぎ》りしめながら、意《い》を決《けっ》して二人《ふたり》を見《み》た。

「……あのね」


わたしはなっちゃんとあかりちゃんに、いままでのことを全部打《ぜんぶう》ちあけた。

花火見物《はなびけんぶつ》のあと、恩人《おんじん》にお母《かあ》さんと会《あ》いに行《い》ったことや、そのあとのことを。

「美桜《みおう》ちゃんの恩人《おんじん》さんが、芹沢《せりざわ》くんの亡《な》くなったお兄《にい》さんだったの……？」

おどろくあかりちゃんに、わたしはコクンとうなずく。

「千秋《ちあき》さんが助《たす》けた女《おんな》の子《こ》が美桜《みおう》だったとは……すごい偶然《ぐうぜん》」

なっちゃんの言葉《ことば》に、わたしはパッと顔《かお》をあげた。

「なっちゃん、春輝《はるき》くんのお兄《にい》さんに会《あ》ったことあるの？」

「うん、春輝《はるき》とは幼《おさな》なじみだからさ。子《こ》どものころに、何度《なんど》か遊《あそ》んでもらって」

「そっか……わたしはなっちゃんにも悲《かな》しい思《おも》いさせちゃったんだね……」

わたしが落《お》ちこんで言《い》うと、なっちゃんが、「え？　ちょっと待《ま》って」と話《はなし》をさえぎった。

「千秋《ちあき》さんは、病気《びょうき》で亡《な》くなったんだよ？」

「そうかもしれないけど……でも、あのときわたしを助《たす》けなかったら……わたしがおぼれたせいで……わたしなんか……」

ガタッとイスを引《ひ》いてなっちゃんが立《た》ちあがる。

「美桜《みおう》のせいじゃないから！　絶対絶対《ぜったいぜったい》、ちがうから！」

なっちゃんの大《おお》きな声《こえ》に、まわりのお客《きゃく》さんたちがふりかえる。

「すみません、すみません、なっちゃん、座《すわ》ろ」

あかりちゃんがまわりの人《ひと》たちに頭《あたま》をさげてから、なっちゃんをうながした。

なっちゃんはストンと座《すわ》りなおす。

「美桜《みおう》のそういうところ、よくないよ。『わたしのせい』とか、『わたしなんか』とか言《い》うの」

そうだ。春輝《はるき》くんにも、同《おな》じことを言《い》われたんだった。

でも、やっぱり、わたしは自分《じぶん》のせいじゃないなんて思《おも》えない。

「芹沢《せりざわ》くんはこのこと、知《し》ってるの？」

あかりちゃんにきかれて、わたしは首《くび》をふった。

「言《い》わなきゃって思《おも》うんだけど、言《い》ったらきらわれちゃうかもって……春輝《はるき》くんから逃《に》げて……」

どんどん、自分《じぶん》の声《こえ》が小《ちい》さくなっていく。

「わたし、卑怯《ひきょう》なの……」

こんなわたしが、春輝《はるき》くんといっしょにいる資格《しかく》なんてない。あかりちゃんやなっちゃんとも、楽《たの》しむ資格《しかく》なんて……。

「いやいやいや、それは言《い》えないでしょ、逃《に》げてあたりまえ！」

なっちゃんは、「ねえ？」とあかりちゃんのほうを見《み》た。

「うん、わたしだってこわくて言《い》えないよ」


「……本当《ほんとう》？」

わたしがとまどいながらきくと、二人《ふたり》は、「うん」、「そうだよ」と相《あい》づちを打《う》つ。

「でも……だとしたら芹沢《せりざわ》くん、すごく落《お》ちこんでるんじゃないかな……」

あかりちゃんが、ふと気《き》づいたように口《くち》にする。

「え？」

「美桜《みおう》ちゃんと話《はな》せなくて。だって美桜《みおう》ちゃんといるとき、芹沢《せりざわ》くん、すごく優《やさ》しい顔《かお》してるから」

「そうそう！　楽《たの》しい！　うれしい！　って幸《しあわ》せオーラいっぱいだよね」

なっちゃんがあかりちゃんの言葉《ことば》にうなずく。

「美桜《みおう》ちゃんも、そうだったんじゃない？」


幸《しあわ》せ……そう、幸《しあわ》せだった。

わたし、春輝《はるき》くんといっしょにいる時間《じかん》がなにより好《す》きだった。それだけで、満足《まんぞく》で。

春輝《はるき》くんも……そうだった？

同《おな》じように、わたしといる時間《じかん》を、幸《しあわ》せだって思《おも》ってくれていた？

次々《つぎつぎ》浮《う》かんでくる春輝《はるき》くんの顔《かお》が、ジワッとにじんだ。うつむくと、また涙《なみだ》がこぼれてくる。

「うっ……ごめんね、泣《な》いてばっかり……」

「ううん。話《はな》してくれてありがとう」

あかりちゃんが、ほほえんだ。

「ケーキ、もう一つ注文《ちゅうもん》しなよ！　わたし、おごるから！」

「あれ？　なっちゃん、今月《こんげつ》ピンチじゃなかったっけ？」

「あっ！　うぅ……！」

「ああ、なっちゃんまでなやまないで～」

二人《ふたり》のやりとりに、わたしはフフッと笑《わら》う。

「ありがと。なっちゃん、あかりちゃん」

わたしは決意《けつい》して、グッと顔《かお》をあげた。

「わたし、恋《こい》の絵《え》描《か》くよ」


あかりちゃんもなっちゃんも、「え？」とわたしを見《み》る。

「恋《こい》の絵《え》って、映画研究部《えいがけんきゅうぶ》の？」

あかりちゃんにきかれて、わたしは「うん」とうなずいた。

「でも……あれはもう」

なっちゃんはとまどうように言葉《ことば》をにごす。

「絵《え》のシーンはもう撮《と》り終《お》わってもう必要《ひつよう》ないだろうけど……でも、春輝《はるき》くんが言《い》ってたの」

花火大会《はなびたいかい》の日《ひ》、春輝《はるき》くんは『その、楽《たの》しみにしてっから』と、そう言《い》ってくれた。

「……だから」

わたしはあらためて二人《ふたり》を見《み》る。

「だから恋《こい》の絵《え》を持《も》って会《あ》いにいく」

すっきりした気分《きぶん》で伝《つた》えると、なっちゃんもあかりちゃんも、「そっか」というように笑顔《えがお》になる。

春輝《はるき》くんとの未来図《みらいず》は思《おも》いうかばない。……でも、終《お》わらせたくない……。もう一度《いちど》……春輝《はるき》くんと。

その日《ひ》、家《いえ》に帰《かえ》ったわたしは、しまっていた画材道具《がざいどうぐ》をとりだす。

そして、イーゼルに立《た》てかけたキャンバスに、むきあった。

春輝《はるき》のはなし　芹沢家《せりざわけ》の春輝《はるき》の部屋《へや》

真《ま》っ暗《くら》な自分《じぶん》の部屋《へや》で、オレ《春輝《はるき》》はパソコン画面《がめん》を見《み》つめていた。

『……春輝《はるき》、どうした？』

『秋兄《あきにい》……オレも、映画監督《えいがかんとく》になっていいかなぁ？』

『ああ……がんばれ』

病室《びょうしつ》のベッドに横《よこ》たわった秋兄《あきにい》は、そう言《い》ってオレの頭《あたま》に手《て》を伸《の》ばした。

忘《わす》れていた記憶《きおく》。でも、思《おも》いだしたところで、もう意味《いみ》なんてない。

電源《でんげん》を落《お》とすと、青白《あおじろ》く光《ひか》っていた画面《がめん》が真《ま》っ暗《くら》になる。

「秋兄《あきにい》……オレ、留学《りゅうがく》やめるわ」

第《だい》五章《しょう》

明智《あけち》 咲《さく》のはなし◆◆◆放課後《ほうかご》の進路指導室《しんろしどうしつ》

「……は？」

進路指導室《しんろしどうしつ》で春輝《はるき》とむきあったオレ《明智咲《あけちさく》》は、思《おも》わずききかえした。

春輝《はるき》の顔《かお》からはいつもの明《あか》るい表情《ひょうじょう》が消《き》え、目《め》を伏《ふ》せたままオレを見《み》ようとしない。

「……いま、なんて言《い》った？」

「……だから、アメリカ留学《りゅうがく》は辞退《じたい》する」

力《ちから》のない声《こえ》で、春輝《はるき》が答《こた》える。どこか投《な》げやりな言《い》いかただった。

「なんで？」

「行《い》っても意味《いみ》ないから」

「意味《いみ》がない？」

「……もういいだろ、そういうことだから」

春輝《はるき》はわずらわしそうに答《こた》えて立《た》ちあがり、出《で》ていこうとする。

「……映画監督《えいがかんとく》、夢《ゆめ》なんじゃなかったのか？」

「オレの夢《ゆめ》じゃ、なかったんだよ」

春輝《はるき》はドアの前《まえ》で立《た》ちどまると、ポツリと答《こた》えた。

それ以上《いじょう》、言葉《ことば》をかけることもできないまま、オレはドアのしまる音《おと》をきく。

オレの夢《ゆめ》じゃなかった？　留学《りゅうがく》は辞退《じたい》する？　意味《いみ》がない？

ふざけるな。なんで、そうなるんだ。どうしてそんな答《こた》えにたどりつくんだ!?

どんな選択《せんたく》をしようと、それが春輝《はるき》が本気《ほんき》で決《き》めたことなら反対《はんたい》しない。

でも、いまのはなんだ？　そんなに簡単《かんたん》に投《な》げだしてしまえるようなものだったのか？

おまえがいままで追《お》いかけてきた夢《ゆめ》は。抱《かか》えてきた想《おも》いは……ちがうだろ？


立《た》ちあがって窓縁《まどべり》に移動《いどう》すると、春輝《はるき》が帰《かえ》っていくのが見《み》える。

「あんの、バカ弟《おとうと》……」

オレはもどかしさといっしょに、はき捨《す》てた。

美《み》桜《おう》のはなし◆◆◆昼休《ひるやす》みの屋上《おくじょう》

わたし《美《み》桜《おう》》は、なっちゃんとあかりちゃんといっしょに、屋上《おくじょう》でお弁当《べんとう》を広《ひろ》げる。

冷《ひ》えこんできたから、わたしたちのほかに生徒《せいと》の姿《すがた》はなかった。

「寒《さむ》っ！　うう、もうすぐここでお昼《ひる》ごはんも食《た》べられなくなるねぇ」

なっちゃんが、小《ちい》さく身《み》ぶるいする。

「そうだね……」

春《はる》にはもう卒業《そつぎょう》だから、わたしたちがここでお弁当《べんとう》を食《た》べるのも、あと少《すこ》しだけ。

ずっと、二人《ふたり》といっしょにすごしてきた場所《ばしょ》だから、なんだかちょっとさびしい。

ここは花壇《かだん》もあって、天気《てんき》のいい日《ひ》は本当《ほんとう》に気持《きも》ちよくて、わたしたちのお気《き》にいりの場所《ばしょ》だった。

ここで、泣《な》いたこともあるし、笑《わら》ったこともある。思《おも》い出《で》の場所《ばしょ》——。


「美桜《みおう》ちゃん、絵《え》のほうはどう？」

あかりちゃんが、わたしのほうを見《み》てたずねた。

「……描《か》くのが久《ひさ》しぶりでいろいろ大変《たいへん》だけど、なんとかつかめてきた、と思《おも》う」

「そっか……よかった」

「うんうん、いつもの美桜《みおう》になってきたね！」

なっちゃんもうれしそうな顔《かお》だった。

「ありがとう、なっちゃん、あかりちゃん。二人《ふたり》のおかげだよ」

二人《ふたり》がいなかったら、きっとずっと立《た》ちなおれなかった。また、絵《え》を描《か》きたいなんて思《おも》えなかった。

わたし、本当《ほんとう》に二人《ふたり》と親友《しんゆう》になれてよかったよ。

ほほえむと、なっちゃんが照《て》れくさそうにニヘーッと笑《わら》う。それから、ふと、思《おも》いだしたように口《くち》をひらいた。

「……せっかく美桜《みおう》が復活《ふっかつ》したのに、春輝《はるき》ってば……」

くちびるをとがらせるなっちゃんに、わたしは顔《かお》をくもらせた。

「……春輝《はるき》くん、今日《きょう》も来《き》てないの？」

「うん、今日《きょう》で三日連続《みっかれんぞく》だね」

あかりちゃんが心配《しんぱい》そうに答《こた》える。

「どうしたんだろう、芹沢《せりざわ》くん」

「わたしや優《ゆう》たちが連絡《れんらく》しても反応《はんのう》ないからなぁ」

わたしはあかりちゃんとなっちゃんの話《はなし》をききながら、考《かんが》えこむ。

「あ！　留学《りゅうがく》が決《き》まったから、もう学校《がっこう》来《こ》ないつもりとか!?」

「さすがにそれはないんじゃ……」

なっちゃんの言葉《ことば》に、あかりちゃんが苦笑《にがわら》いする。

わたしがだまっていると、なっちゃんがハッとした。

「だ、大丈夫《だいじょうぶ》！　春輝《はるき》なら明日《あした》あたりにシレッと来《き》そうだし！　美桜《みおう》は絵《え》を完成《かんせい》させることに集《しゅう》中《ちゅう》しなきゃ！」

「そうだよね。がんばって、美桜《みおう》ちゃん」

あかりちゃんもにっこり笑《わら》ってわたしをはげましてくれる。

「うん……」

間《ま》にあわせなきゃ。絵《え》……春輝《はるき》くんが遠《とお》くに行《い》ってしまう前《まえ》に。

落《お》ちこんでいる時間《じかん》も、迷《まよ》っている時間《じかん》もない。

蒼太《そうた》のはなし◆◆◆放課後《ほうかご》の部室《ぶしつ》

放課後《ほうかご》、ぼく《蒼太《そうた》》と優《ゆう》は映画研究部《えいがけんきゅうぶ》の部室《ぶしつ》にいた。

といっても、春輝《はるき》がいないんじゃ、進《すす》められることなんてほとんどない。

「春輝《はるき》、やっぱりラストシーンでなやんでるのかな？」

「留学《りゅうがく》の準備《じゅんび》もあるのに、いい絵《え》が思《おも》いうかばなくてあせってるんじゃないか、きっと」

ぼくがポロッともらすと、うしろで作業《さぎょう》をしていた優《ゆう》が答《こた》える。

春輝《はるき》が学校《がっこう》に来《こ》なくなって、今日《きょう》でもう三日目《みっかめ》だった。

「だからってなにも言《い》わずに来《こ》なくなるなんて、春輝《はるき》らしくないよ」

ぼくや優《ゆう》が連絡《れんらく》しても、返信《へんしん》もしてこないんだから。

いちおう、既読《きどく》にはなっているから、メッセージは読《よ》んでいるはずなんだけど。

もしかして、ひどい風邪《かぜ》をひいて、ウンウンうなされていて、それどころじゃないとか？

すごいアイデアがおりてきて、学校《がっこう》に来《く》るのも忘《わす》れるほど熱中《ねっちゅう》してるのかも。

それにしたって、ふつうならなにか一言《ひとこと》くらいあるよね？


「……ぼくたち、どうすればいいのかな……」

春輝《はるき》ぬきで、勝手《かって》に卒業制作《そつぎょうせいさく》の映画《えいが》を進《すす》めるってわけにはいかない。ぼくらだけじゃ、絶対《ぜったい》にいい作品《さくひん》には仕上《しあ》がらない。だから、優《ゆう》だって作品《さくひん》には手《て》をつけないでいる。

「……いまは苦《くる》しんでるのかもしれない。けど、あいつなら絶対《ぜったい》にいいラストシーンをつくる。もちたはどう思《おも》う？」

「ぼ、ぼくだってそう思《おも》ってるよ！」

「だったら、オレたちは監督《かんとく》を信《しん》じて待《ま》つだけだ」

「優《ゆう》……」

ぼくは目《め》がうるみそうになる。

この部活《ぶかつ》を大事《だいじ》に思《おも》ってるのはぼくも優《ゆう》もいっしょだ。その気持《きも》ちは、春輝《はるき》だって同《おな》じはずだ。

「スケジュール、組《く》みなおさないといけないけどな」

「うん。いつ春輝《はるき》が来《き》てもいいように、やれるとこは進《すす》めとこうよ」

「ああ、そうだな」

ぼくらは気持《きも》ちをいれかえて、さっそく作業《さぎょう》にとりかかった。

春輝《はるき》のことだから、きっとそのうち、『撮影《さつえい》するぞ、優《ゆう》、もちた！』と元気《げんき》に言《い》いながら、部《ぶ》室《しつ》にはいってくるんだ。『すげーいいアイデア思《おも》いついた！』なんて、楽《たの》しそうに笑《わら》いながら。

だから、ぼくらは待《ま》っていよう。春輝《はるき》が帰《かえ》ってくるのを――。

明智《あけち》咲《さく》と春輝《はるき》のはなし◆◆◆芹沢家《せりざわけ》の春輝《はるき》の部屋《へや》

夕方《ゆうがた》、オレ《明智咲《あけちさく》》は春輝《はるき》の家《いえ》にむかった。この家《いえ》に来《く》るのも、久《ひさ》しぶりだ。

「……春輝《はるき》、はいるぞ」

ドアをノックしてあけると、部屋《へや》のなかは薄暗《うすぐら》かった。カーテンはとざされ、電気《でんき》もついていない。床《ゆか》には、映画《えいが》の本《ほん》やＤＶＤ《ディーブイディー》が散乱《さんらん》したままになっていた。

眉《まゆ》をひそめていると、ベッドに座《すわ》っていた春輝《はるき》がわずらわしそうに口《くち》をひらく。

「……なにしに来《き》たんだよ」

うつむいたまま、顔《かお》をあげようとしない。

「……家庭訪問《かていほうもん》だ」

そう言《い》って様子《ようす》をうかがってみたけど、春輝《はるき》は反応《はんのう》しない。

「……瀬戸口《せとぐち》と望月《もちづき》、心配《しんぱい》してたぞ。どうするんだ、卒業制作《そつぎょうせいさく》」

「オレがいなくても完成《かんせい》させられるだろ」

「……映画自体《えいがじたい》やめるつもりか？」

オレは段《だん》ボールのなかに放《ほう》りこまれているトロフィーに目《め》をやる。それはこの前《まえ》まで、棚《たな》にきちんと飾《かざ》られていたものだ。

このトロフィーを手《て》に、うれしそうに報告《ほうこく》にきた春輝《はるき》の姿《すがた》を思《おも》いだす。誇《ほこ》らしげに、『やったぜ、咲兄《さくにい》！』とオレのところに飛《と》んできた。


そうか……必死《ひっし》なんだな。断《た》ちきりたくて。でも、断《た》ちきれなくて。

簡単《かんたん》に捨《す》てられるようなものじゃないものを、捨《す》てようとしているから。

苦《くる》しくてたまらないんだろう？


本当《ほんとう》に、おまえは世話《せわ》が焼《や》けるよ。昔《むかし》っから……。

ため息《いき》をつくと、オレは春輝《はるき》のほうに顔《かお》をむける。

「千秋《ちあき》がいたらなんて言《い》うやら」

春輝《はるき》が千秋《ちあき》の名前《なまえ》に身《み》をかたくするのがわかった。

オレは歩《あゆ》みより、春輝《はるき》のそばにおかれたビデオカメラに目《め》をやる。

「そのカメラだって、映画《えいが》を撮《と》るおまえにって千秋《ちあき》が」

「……返《かえ》せるもんなら返《かえ》したいよ」


オレは写真《しゃしん》に視線《しせん》を移《うつ》した。そこに写《うつ》る千秋《ちあき》は記憶《きおく》にあるままの姿《すがた》だ。

まったく、おまえもおまえだ、千秋《ちあき》。おもたい荷物《にもつ》、残《のこ》していきやがって。

おかげで大変《たいへん》なんだぞ。春輝《はるき》も、オレも……。


「……春輝《はるき》、おぼえてないか？　あの時《とき》、おまえが千秋《ちあき》に言《い》ったこと」

「なんのことだよ……」

「あいつが川《かわ》で女《おんな》の子《こ》を助《たす》けたあと、病室《びょうしつ》で言《い》ってたことだよ」

「……おぼえてない」

春輝《はるき》はあいかわらず、顔《かお》を伏《ふ》せたままだった。

「……おまえ、今年《ことし》も千秋《ちあき》の墓参《はかまい》り、行《い》かなかっただろ」

だまったまま返事《へんじ》をしないから、オレは先《さき》をつづける。

「認《みと》めたくないのはわかるけどな、でも、あいつもさびし――」

「あんなところに秋兄《あきにい》はいない！」

春輝《はるき》がオレの言葉《ことば》をさえぎるように声《こえ》を張《は》りあげた。

「もういいだろ……帰《かえ》ってくれ」

つっぱねるように言《い》われて、オレはため息《いき》をついた。

身《み》をひるがえして、ドアにむかう。その足《あし》をとめてふりかえると、春輝《はるき》はまだうつむいたままだった。


「……千秋《ちあき》の命日《めいにち》にな、あいつの墓《はか》の前《まえ》で、合田《あいだ》に会《あ》ったよ」

やっと顔《かお》をあげた春輝《はるき》が、オレのほうを見《み》る。

「美桜《みおう》に……？　なんで……」

「……合田《あいだ》と、ちゃんと話《はなし》をしてやれ」

オレはそれ以上《いじょう》は言《い》わず、部屋《へや》を出《で》ていく。

あとは、春輝《はるき》が自分《じぶん》で答《こた》えをだすべき問題《もんだい》だ。

翌日《よくじつ》、オレは出席簿《しゅっせきぼ》を見《み》ながら、学校《がっこう》の渡《わた》り廊下《ろうか》を歩《ある》いていた。

「……ったく」

春輝《はるき》の欠席《けっせき》は今日《きょう》で四日目《よっかめ》だ。どうしたものかと、出席簿《しゅっせきぼ》をパタンと閉《と》じる。

「明智先生《あけちせんせい》」

「合田《あいだ》……」

「少《すこ》し、お時間《じかん》いいですか……？」


オレは合田《あいだ》を連《つ》れて進路指導室《しんろしどうしつ》にむかう。

イスにむかいあって座《すわ》ると、合田《あいだ》は少《すこ》し迷《まよ》ってから口《くち》をひらいた。

「わたしいま、絵《え》を描《か》いているんです」

「絵《え》を……？」

「明日《あした》には完成《かんせい》するんです。そしたら……春輝《はるき》くんに見《み》せにいって、あのことも全部話《ぜんぶはな》そうと思《おも》ってます」

「そうか……」

「……だまっていて欲《ほ》しいって明智先生《あけちせんせい》にお願《ねが》いしたこと……いまはすごく後悔《こうかい》しています……すみませんでした」

合田《あいだ》はオレに深《ふか》く頭《あたま》をさげた。

そうか。吹《ふ》っきれたのか。千秋《ちあき》のこと。

「あやまる必要《ひつよう》はない……合田《あいだ》はすごいと思《おも》うよ」

オレは白衣《はくい》のポケットからDVD《ディーブイディー》のはいったケースをとりだす。

千秋《ちあき》はわかっていたのかもな……こんな日《ひ》が来《く》ることを。


「春輝《はるき》に会《あ》ったら、これをわたしてくれないか」

差《さ》しだしたケースに、合田《あいだ》はためらうように手《て》を伸《の》ばした。

「あいつ、留学《りゅうがく》やめようとしてるんだ」

「え!?」

やっぱり、知《し》らなかったか……。

「兄貴《あにき》にやたらこだわってるくせに、一番大事《いちばんだいじ》なことは忘《わす》れてるみたいでな」

合田《あいだ》はだまったまま、困惑《こんわく》した表情《ひょうじょう》でオレを見《み》つめている。

「それを見《み》ればきっと思《おも》いだす……できれば、合田《あいだ》もいっしょに見《み》てくれ」

それでもダメなら、本当《ほんとう》にもう、仕方《しかた》ないのだろう。

それが春輝《はるき》の選《えら》んだ道《みち》なら、受《う》けいれるしかない。

テスト問題《もんだい》とはちがう。どう生《い》きるのが正解《せいかい》なのかなんて、誰《だれ》にもわからない。

選《えら》んだものが正解《せいかい》だったと信《しん》じて、ただ進《すす》むしかない。

もどれない道《みち》を、後悔《こうかい》だけはしないように——。

美《み》桜《おう》と春《はる》輝《き》のはなし……それぞれの部屋《へや》

『あいつ、留学《りゅうがく》やめようとしてるんだ』

家《いえ》にもどったわたし《美桜《みおう》》はDVD《ディーブイディー》のケースを手《て》に、明智先生《あけちせんせい》の言葉《ことば》を思《おも》いだしていた。

映画監督《えいがかんとく》になるのは春輝《はるき》くんの夢《ゆめ》だった。留学《りゅうがく》だってずっと望《のぞ》んできたもののなのに。

心配《しんぱい》で、いますぐに飛《と》んでいきたい。
でも、いまのわたしが春輝《はるき》くんに会《あ》っても、できることはなにもない。
わたしにできることは、これだけ。
気《き》をとりなおして、わたしはキャンバスにむかい、ていねいに色《いろ》をかさねていく。
わたしのいまの気持《きも》ちは——なに色《いろ》？
春輝《はるき》くんがどうして迷《まよ》っているのか、なやんでいるのかわからない。

わからないって、こんなに不安《ふあん》なんだ。

もう、ずっと顔《かお》を見《み》ていない。春輝《はるき》くんの声《こえ》もきいていない。

会《あ》いたいよ。すごく会《あ》いたくて苦《くる》しい。


全部《ぜんぶ》、全部《ぜんぶ》、パレットにだして、まぜあわせていく。絵画教室《かいがきょうしつ》の時《とき》の翔太《しょうた》くんみたいに。

ああ、ほら。きれいな色《いろ》になっていく。

これが恋《こい》の色《いろ》。わたしのいまの気持《きも》ち、そして心《こころ》の色《いろ》。


春輝《はるき》くんと出会《であ》ってから、いままで。

うれしいことも、恥《は》ずかしいことも、悲《かな》しいことも、不安《ふあん》なことも、全部《ぜんぶ》あった。

それが『恋《こい》』なんだ。


春輝《はるき》くんに見《み》てもらいたい……わたしの絵《え》を……。

この一筆一筆《ひとふでひとふで》に、精一杯《せいいっぱい》の思《おも》いをこめ描《か》いた絵《え》を……。

いまのわたしだからこそ描《か》ける……

『恋《こい》の絵《え》』を……見《み》てもらいたい。

夜《よる》がふけていく。わたしは時間《じかん》を忘《わす》れて描《か》きつづけた。

あと、少《すこ》し。あと、もう少《すこ》し……。

最後《さいご》の仕上《しあ》げをして、わたしはキャンバスから筆《ふで》をはなす。手《て》も、エプロンも絵《え》の具《ぐ》だらけだった。

「できた……」

肩《かた》から力《ちから》を抜《ぬ》いて窓《まど》の外《そと》を見《み》れば、空《そら》が明《あか》るくなっていた。

「もう、朝《あさ》……」

携帯《けいたい》をとり、あの日《ひ》、送《おく》れなかったメッセージを打《う》ちこんでいく。それを緊張《きんちょう》した手《て》で、送信《そうしん》した。

カーテンをしめきった暗《くら》い部屋《へや》のなかで、オレ《春輝《はるき》》はいつのまにか眠《ねむ》ってしまっていた。
目《め》を覚《さ》ましたのは、携帯《けいたい》の着信音《ちゃくしんおん》が鳴《な》ったからだ。
手《て》を伸《の》ばして床《ゆか》に落《お》ちていた携帯《けいたい》を拾《ひろ》いあげる。美桜《みおう》からのメッセージがはいったことを知《し》らせる通知《つうち》が、画面《がめん》に表示《ひょうじ》されているのを見《み》てハッとした。

『今日《きょう》の放課後《ほうかご》、いつもの場所《ばしょ》で待《ま》っています』

「美桜《みおう》……」

オレがつぶやいた時《とき》、また新《あたら》しいメッセージがはいった。

『ずっと、待《ま》ってる』

「……！　いまさら、なんだよ」
携帯《けいたい》を放《ほう》りなげ、ベッドにつっぷす。

「……なんなんだよ……！」

話《はな》すことなんて、なにもない――。

オレはうずくまったまま、くちびるをかみしめた。

美桜《みおう》と春輝《はるき》のはなし◆◆◆高台《たかだい》の階段《かいだん》で待《ま》っている

空一面《そらいちめん》に、灰色《はいいろ》の雲《くも》がたれこめていた。

風《かぜ》が冷《つめ》たい。わたし《美桜《みおう》》はバッグを肩《かた》にかけ、いつもの高台《たかだい》の階段《かいだん》の上《うえ》に立《た》つ。

携帯《けいたい》をたしかめてみると、メッセージは既読《きどく》になっている。

ふわりと落《お》ちてきた雪《ゆき》につられて、わたしは空《そら》に目《め》をやった。

チラチラと降《ふ》りはじめている。それは、この冬《ふゆ》はじめての雪《ゆき》だった。

夏休《なつやす》みにみんなと花火《はなび》を見《み》に行《い》ってから、もうずいぶんたつんだね。

春輝《はるき》くんとならんで、公園《こうえん》の遊具《ゆうぐ》の上《うえ》で花火《はなび》を見《み》たあの日《ひ》から……。

あのころにもどりたいなんて、きっと……都合《つごう》がいいって思《おも》われる。

でも、許《ゆる》されるなら、またあのころのように、春輝《はるき》くんのとなりにいたい。

残《のこ》された時間《じかん》が、あと少《すこ》しだけだったとしても――。


日《ひ》が落《お》ちて、部屋《へや》の暗《くら》さがいっそう深《ふか》くなった。

ベッドに横《よこ》になっていたオレ《春輝《はるき》》は、外《そと》の静《しず》けさにつられて起《お》きあがる。

カーテンをひらくと、ゆっくりと白《しろ》い粒《つぶ》が落《お》ちていくのが見《み》えた。

「雪《ゆき》……？」


『……合田《あいだ》と、ちゃんと話《はなし》をしてやれ』

咲兄《さくにい》の残《のこ》した言葉《ことば》を思《おも》いだす。


『……ごめんなさい、もう、わたしとは話《はな》さないほうがいいと思《おも》う』

オレからはなれていったのは美桜《みおう》のほうだ。

それなのに、『待《ま》ってる』だなんて、いまさらだろ。

オレは行《い》かない。美桜《みおう》とももう……。

オレはグッと歯《は》を食《く》いしばった。そのあいだにも、雪《ゆき》が白《しろ》く道路《どうろ》をそめていく。


『ずっと、待《ま》ってる』

ベッドに腰《こし》かけて携帯《けいたい》をとると、メッセージのやりとりはそこで終《お》わったままだ。

「……くそ！」

オレはイラだちまじりにはき捨《す》てて立《た》ちあがり、ハンガーにかけていたコートをつかむ。

それをはおりながら、部屋《へや》を出《で》た。


こんな時間《じかん》だ。オレが来《こ》ないことは美桜《みおう》だってわかっているはずだ。

だからもう、あそこにはいない。いるはずがない——。

家《いえ》を出《で》たオレは、そう思《おも》いながらも走《はし》りだしていた。

高台《たかだい》にむかうあいだにもあたりは暗《くら》くなっていき、寒《さむ》さも一段《いちだん》ときびしくなっていった。
そのうちに、ようやくいつもの高台《たかだい》の階段《かいだん》が見《み》えてくる。
美桜《みおう》がいるかもしれないと思《おも》って、何度《なんど》足《あし》を運《はこ》んだだろう？
そのたびに、期待《きたい》は裏切《うらぎ》られて、いつしかオレはこの場《ば》で美桜《みおう》を待《ま》つのをやめた。

それなのに、またこうして足《あし》を運《はこ》んでいる。

階段《かいだん》を途中《とちゅう》までかけあがったオレは——足《あし》をとめる。

見《み》おぼえのある赤《あか》い傘《かさ》が、音《おと》もなく降《ふ》る雪《ゆき》を受《う》けとめつづけていた。


わたし《美桜《みおう》》は傘《かさ》を差《さ》しながら、空《そら》から舞《ま》い落《お》ちてくる雪《ゆき》を見《み》つめていた。

入学式《にゅうがくしき》の時《とき》、満開《まんかい》の桜《さくら》の木《き》からハラハラと落《お》ちる花《はな》びらを、雪《ゆき》のようだと思《おも》った。

手《て》のひらで受《う》けとめた雪《ゆき》は、すぐにとけて指《ゆび》のあいだからこぼれていく。

大切《たいせつ》な時間《じかん》も同《おな》じ。いくらこの手《て》のなかにとどめておきたくても、いつの間《ま》にか消《き》えてしまう。

この冬《ふゆ》もすぐにすぎて、また桜《さくら》の咲《さ》く春《はる》がおとずれる。

毎年《まいとし》かわらない、四季《しき》の移《うつ》りかわり。でも、来年《らいねん》の春《はる》には——。

サクッと雪《ゆき》をふむ音《おと》がして、わたしはゆっくりとふりむく。

息《いき》をはずませた春輝《はるき》くんが、階段《かいだん》をあがってくるのが見《み》えた。

「春輝《はるき》くん……」

やっぱり来《き》てくれた。そう、ホッとしかけたわたしは、春輝《はるき》くんのけわしい表情《ひょうじょう》にドキッとする。


「……なにやってんだよ」

わたしとむきあった春輝《はるき》くんは、冷《つめ》たい声《こえ》でたずねる。

ああ、やっぱり……怒《おこ》ってるんだ。

「こんな雪《ゆき》んなか……オレが来《く》るまで、ずっと待《ま》ってるつもりだったのかよ」

「……どうしても、話《はな》したいことがあって……」


会《あ》いたくないって、思《おも》ってた？

ここに来《き》てくれたのは、いやいやだった？

そう思《おも》われてもしかたないって、覚悟《かくご》してたのに。

「あんなに、オレと話《はな》すのいやがってたのにか？」

「ごめんなさい……でもそれは――」

「もう、帰《かえ》れよ……」

話《はなし》をさえぎった春輝《はるき》くんは、フイッと顔《かお》をそむけて階段《かいだん》をおりていこうとする。

「ま……待《ま》って！」

声《こえ》を張《は》りあげて呼《よ》びとめると、春輝《はるき》くんもピタッと足《あし》をとめる。ふりかえってはくれなかった。

わたしはバッグのなかの絵《え》を、ギュッと抱《だ》きしめる。


「……わたしなの。春輝《はるき》くんのお兄《にい》さんが、川《かわ》で助《たす》けた女《おんな》の子《こ》は……わたしなの！」

春輝《はるき》くんが目《め》を見《み》ひらく。わたしはふるえる声《こえ》で先《さき》をつづけた。

全部《ぜんぶ》、言《い》わなきゃ。たとえ、きらわれることになっても。

もう、二度《にど》と……許《ゆる》してもらえなくても。

「夏《なつ》に、恩人《おんじん》さんに会《あ》うって言《い》ってたでしょ……？　わたし、助《たす》けてもらったあと、ずっと会《あ》わせてもらえなくて……誰《だれ》かも知《し》らなくて……」

春輝《はるき》くんは少《すこ》しだけこちらを見《み》ると、だまってわたしの話《はなし》をきいていた。

「やっと……やっと会《あ》えるんだって……お礼《れい》が言《い》えるんだって！　でも、亡《な》くなってて……それが春輝《はるき》くんの大好《だいす》きなお兄《にい》さんで……春輝《はるき》くんがこのことを知《し》ったら、どうなっちゃうんだろうって、わたし、こわくなって……！」

わたしはうつむいて、途切《とぎ》れ途切《とぎ》れに打《う》ちあけた。

「ずっと言《い》わなきゃって思《おも》ってたのに……いままで言《い》えなくて、本当《ほんとう》にごめんなさい！」

深《ふか》く頭《あたま》をさげて、春輝《はるき》くんの言葉《ことば》をじっと待《ま》つ。


どれだけ、わたしたちはだまっていたかわからない。

雪《ゆき》が肩《かた》や髪《かみ》にのっかって、ゆっくりとけていく。

「……それがオレをさけてた理由《りゆう》？　なんだよそれ……」

春輝《はるき》くんが顔《かお》をそむけたまま、ようやく口《くち》をひらいた。

わたしはビクッとして顔《かお》をあげる。そして、小《ちい》さくうなずいた。

「なんだよそれ！　オレがそのことを知《し》ったら、怒《おこ》るとでも思《おも》ってたのかよ！」

わたしはいきどおる春輝《はるき》くんを、言葉《ことば》もなく見《み》つめていた。

「なんでそうなるんだよ！　また『わたしのせいで』とか思《おも》ってたのか⁉」

春輝《はるき》くんはやりきれないというようにさけんで、わたしのほうをむいた。

わたしはたじろいで、わずかに身《み》を引《ひ》く。

「オレ、美桜《みおう》になにかしちゃったのかもしれないって、きらわれたのかもしれないって、ずっと……ずっと考《かんが》えてたんだぜ⁉」

「ごめん……なさい……」

わたし、こんなに春輝《はるき》くんを心配《しんぱい》させて……傷《きず》つけてきたんだ。

「なんなんだよ！　もっと早《はや》く言《い》ってくれよ！　そうすりゃオレだって……あんなこと、気《き》づかずにすんだんだ！」

「……あんなこと？」

ききかえすと、春輝《はるき》くんの顔《かお》が強《こわ》ばる。わたしより、春輝《はるき》くんのほうが泣《な》きそうな顔《かお》……してる。

「春輝《はるき》くん……？」

「……勘《かん》ちがいだったんだ」

春輝《はるき》くんはわたしに背《せ》をむけて答《こた》える。その声《こえ》は、きき逃《のが》してしまいそうなほど小《ちい》さかった。

「……映画《えいが》を撮《と》るのは、オレのやりたいことじゃなかった。オレの夢《ゆめ》じゃ、なかったんだよ……」

「どうして……？　春輝《はるき》くんの夢《ゆめ》は、映画監督《えいがかんとく》でしょ!?　なのに……」

「それは秋兄《あきにい》の夢《ゆめ》だったんだ……オレ、それに気《き》づかないで秋兄《あきにい》のマネばっかりして……」

わたしは春輝《はるき》くんがこの高台《たかだい》で、お兄《にい》さんのカメラを大切《たいせつ》にみがいていた姿《すがた》を思《おも》いだした。

『ああ、秋兄《あきにい》から借《か》りてるカメラだからさ』

そう、言《い》いながら……。


「だから、いままでとった賞《しょう》も、アメリカ留学《りゅうがく》も、オレのじゃない……全部秋兄《ぜんぶあきにい》のだよ」

「それで……留学《りゅうがく》もやめるの……？」

「咲兄《さくにい》にきいたのか。ああ、そうだよ。映画撮《えいがと》るのも、もうやめる」

春輝《はるき》くんは力《ちから》のない声《こえ》で言《い》う。わたしのほうを見《み》ようともしない。

「！　ダメだよ……そんな簡単《かんたん》に」

「簡単《かんたん》に……？　そんなわけないだろ！」

春輝《はるき》くんはふりかえって、どなるように言《い》った。

「オレだって何回《なんかい》も撮《と》ろうとした！　何回《なんかい》も何回《なんかい》も……でもムリだった！」

つめよってくる春輝《はるき》くんの声《こえ》が、空《そら》に広《ひろ》がって消《き》えていく。

「見《み》えないんだよ……オレの撮《と》りたい画《え》が……ファインダーのむこうが真《ま》っ黒《くろ》で……もう、わかんねぇんだよ！」

両手《りょうて》を見《み》つめる春輝《はるき》くんの表情《ひょうじょう》が苦《くる》しげにゆがむ。

わたしは言葉《ことば》を失《うしな》って、いまにもくずれてしまいそうな春輝《はるき》くんを見《み》つめていた。

映画《えいが》が……撮《と》れない？　いつから？　夏休《なつやす》みのあと？

わたしはずっと春輝《はるき》くんと顔《かお》をあわせていなかったから、気《き》づかなかった。

ううん、ちがう。なっちゃんやあかりちゃんから春輝《はるき》くんの様子《ようす》がへんだってきいていた。

それなのに、わたし……自分《じぶん》のことでいっぱいになってた。

春輝《はるき》くんがこんなふうに、なやんでいたなんて知《し》らなかった。

わたし、なんで……もっと早《はや》くに、春輝《はるき》くんに会《あ》いにこなかったんだろう？

わたしがいても、できることなんてきっとない。

それでも、そばにいることはできたのに……。

「こんなんでアメリカ行《い》っても、ロクなことにならないだろ？　そりゃそうだよ。オレにはもとから才能《さいのう》なんてなかったんだから」

自分《じぶん》の顔《かお》に手《て》をあてて投《な》げやりに言《い》う春輝《はるき》くんを、わたしは見《み》ていられなくてうつむいた。

「ちがう……」

「秋兄《あきにい》が見《み》たいだろうなっていう画《え》ばっか撮《と》ってたんだからな！　秋兄《あきにい》なら……秋兄《あきにい》なら！　秋《あき》兄《にい》ならって!!」

「ちがう……」

わたしの否定《ひてい》する声《こえ》は、春輝《はるき》くんには届《とど》かない。

「秋兄《あきにい》のマネばっかしといて、よく夢《ゆめ》は映画監督《えいがかんとく》なんて言《い》ってたよな！」

春輝《はるき》くんは自分《じぶん》をあざけるみたいに、力《ちから》なく笑《わら》った。

「ホント……バカみてぇ」

ちがうっ!!!

パンッと、かわいた音《おと》があたりに響《ひび》く。

ふるえる手《て》からはなれた傘《かさ》が、雪《ゆき》の上《うえ》に転《ころ》がった。

春輝《はるき》くんは赤《あか》くなったほおを押《お》さえて、目《め》を見《み》ひらいている。

わたしの瞳《ひとみ》からボロボロと涙《なみだ》がこぼれ落《お》ちて、我慢《がまん》しようと思《おも》ってもできなかった。

次《つぎ》から次《つぎ》にあふれてきて、ほおをぬらしていく。

「映画監督《えいがかんとく》は、春輝《はるき》くんの夢《ゆめ》だよ！　秋兄《あきにい》、秋兄《あきにい》って……春輝《はるき》くんは、お兄《にい》さんのことばっかりで、自分《じぶん》のことは全然《ぜんぜん》わかってない！」

「な……」

声《こえ》を大《おお》きくしたわたしに、春輝《はるき》くんはおどろいた顔《かお》をする。

「ずっと見《み》てきたからわかる……映画《えいが》を撮《と》ってるときの春輝《はるき》くんはすごく楽《たの》しそうで、キラキラしてて……」

わたしはそんな春輝《はるき》くんをそばで見《み》ているのが、なにより……なによりも……。

いつもみたいに、指《ゆび》でフレームをつくって笑《わら》う春輝《はるき》くんの姿《すがた》が、目《め》のなかに浮《う》かぶ。

それはすぐにあふれてきた涙《なみだ》のなかにぼやけた。

「誰《だれ》かのマネだけで、あんなふうに撮《と》れるわけない！」

春輝《はるき》くんは言葉《ことば》を失《うしな》ったままだった。

「たしかに、お兄《にい》さんの夢《ゆめ》でもあったかもしれない。でもそれがなんで、春輝《はるき》くんの夢《ゆめ》じゃないってことになるの!?」

わたしは涙《なみだ》をぬぐってから、キャンバスをとりだした。それを、春輝《はるき》くんに見《み》せる。

「これ……」

「……遅《おそ》くなったけど、これがわたしの、『恋《こい》の絵《え》』だよ」

キャンバスに描《か》いたのは、あたたかな光《ひかり》の差《さ》すこの高台《たかだい》。

高台《たかだい》には男《おとこ》の子《こ》と、女《おんな》の子《こ》が並《なら》んでいる。その手《て》はほんの少《すこ》しはなれたまま……。

いろいろ考《かんが》えた。花火《はなび》の絵《え》にしようかと思《おも》ったりもしたけど、迷《まよ》って、何度《なんど》も描《か》きなおして、けっきょく、たどりついたのはこの高台《たかだい》だった。

「わたしの……初恋《はつこい》の絵《え》……」

わたしと春輝《はるき》くんが毎日《まいにち》のように二人《ふたり》ですごした場所《ばしょ》。

ここですごした時間《じかん》が、わたしには宝物《たからもの》だった。どんなものよりも――。


「あっ……」

オレ《春輝《はるき》》は美桜《みおう》から受《う》けとったキャンバスを見《み》つめて、声《こえ》をもらした。

これが……美桜《みおう》の恋《こい》の色《いろ》。美桜《みおう》の目《め》には、こんなにも色鮮《いろあざ》やかに輝《かがや》いて見《み》えていたんだ。

オレは絵《え》を見《み》つめたまま、ずっとだまってい

た。

この高台《たかだい》の階段《かいだん》で、どれだけたくさんの話《はなし》をしただろう？　オレたちは……。

『なんつーか、映画研究部最後《えいがけんきゅうぶさいご》の映画《えいが》だし……できれば、美桜《みおう》にも参加《さんか》して欲《ほ》しい……と思《おも》って』

花火見物《はなびけんぶつ》の日《ひ》に、美桜《みおう》とならんで座《すわ》りながら口《くち》にした言葉《ことば》。

美桜《みおう》はあの時《とき》、うれしそうに『がんばります』と言《い》ってくれた。


ああ、でも、これじゃどっちみち、映画《えいが》には使《つか》えなかったな。

美桜《みおう》の想《おも》いがこめられた絵《え》。

オレはきっとそれを、他《ほか》の誰《だれ》にも見《み》せたくはないと思《おも》っただろうから。

これは、オレだけのものに――そう、思《おも》っただろうから。

「春輝《はるき》くんのお兄《にい》さんが助《たす》けてくれたから……わたしは、春輝《はるき》くんと出会《であ》えた。だからこの絵《え》も描《か》けた……絵《え》を描《か》くことを夢《ゆめ》にしようって思《おも》うことができたのも、お兄《にい》さんのおかげ」

キャンバスから顔《かお》をあげ、オレは美桜《みおう》を見《み》る。

「お兄《にい》さんは、春輝《はるき》くんの夢《ゆめ》も見《み》つけてくれてたんだよ」

「秋兄《あきにい》が……オレの夢《ゆめ》を……？」

「そうだよ……」

「秋兄《あきにい》が……」

つぶやくと、目頭《めがしら》が熱《あつ》くなってきて視界《しかい》がぼやけた。美桜《みおう》の瞳《ひとみ》もうるんで、いまにも大粒《おおつぶ》の涙《なみだ》がこぼれそうになっていた。

「だから……だから、映画《えいが》やめるとか、留学《りゅうがく》しないとか、そんなこと……」


「ゆーな!!」

大《おお》きな声《こえ》でさけぶ美桜《みおう》に、オレはびっくりする。

美桜《みおう》はすっかり冷《ひ》えてしまったのか、クシュンッとくしゃみをもらした。

気《き》づけばオレも美桜《みおう》も雪《ゆき》まみれで、キャンバスにも雪《ゆき》がのっていた。それがジンワリととけていく。

秋兄《あきにい》がオレの夢《ゆめ》も、美桜《みおう》の夢《ゆめ》も見《み》つけてくれた、か。美桜《みおう》の言《い》うとおりだ……。

雪《ゆき》をはらいのけて傘《かさ》をひろう。それを、泣《な》きつづけている美桜《みおう》に差《さ》しかけた。

気《き》づかないことばかりで、オレはいつも……美桜《みおう》に教《おし》えてもらっているんだな。

美桜《みおう》と春輝《はるき》のはなし◆◆◆芹沢家《せりざわけ》

美桜《みおう》といっしょに、オレは自分《じぶん》の家《いえ》にもどった。

リビングで飲《の》み物《もの》を作《つく》ってから部屋《へや》にあがると、美桜《みおう》はイスに座《すわ》ってタオルで髪《かみ》をかわかしていた。

オレはココアのカップを、「……ほら」と差《さ》しだす。

「ありがとう……」

受《う》けとった美桜《みおう》は、一口《ひとくち》飲《の》んでからホッとしたように息《いき》をはいた。

「あったかい……」

「ごめん。今日《きょう》は両親《りょうしん》とも帰《かえ》りが遅《おそ》くて、たいしたもの出《だ》せなくて」

「ううん、おいしいよ」

オレは美桜《みおう》に背《せ》をむけたまま、自分《じぶん》のカップを口《くち》に運《はこ》ぶ。静《しず》かすぎるのが気《き》になって、落《お》ちつかない。外《そと》ではまだ雪《ゆき》が降《ふ》っていて、当分《とうぶん》はやみそうにもなかった。

「そうだ……」

ふと思《おも》いだしたように、美桜《みおう》がポケットからとりだしたのはDVD《ディーブイディー》のケースだった。

「明智先生《あけちせんせい》が、春輝《はるき》くんにわたしてくれって……」

オレは美桜《みおう》から受《う》けとったケースに目《め》をやった。そこにはラベルがはられている。

あれ、咲兄《さくにい》の字《じ》じゃない。でも、見《み》おぼえのある字《じ》だ。

「！　これ……秋兄《あきにい》の字《じ》だ」

「えっ……」

オレは美桜《みおう》と顔《かお》を見《み》あわせた。でも、秋兄《あきにい》のDVD《ディーブイディー》をなんで咲兄《さくにい》が。しかも、いまごろこれを美桜《みおう》にわたすなんて。

オレはパソコンを立《た》ちあげて、DVD《ディーブイディー》を再生《さいせい》する。

その動画《どうが》は、秋兄《あきにい》の病室《びょうしつ》で撮《と》ったものだった。

『春輝《はるき》、カメラまわったか？』

『……うん……まわった』

不安《ふあん》そうに答《こた》えたのは、オレの声《こえ》だ。


「秋兄《あきにい》……」

「この人《ひと》が……」

美桜《みおう》がとなりで驚《おどろ》いている。そうか、美桜《みおう》は秋兄《あきにい》をちゃんと見《み》たことなかったんだな。


『ほら、もっとよれよ！　アングル気《き》をつけて！　あ、咲《さく》！　おまえも早《はや》くはけろよ！』

秋兄《あきにい》の元気《げんき》な声《こえ》がきこえる。

えっ、これって咲兄《さくにい》!?

秋兄《あきにい》に追《お》いはらわれた咲兄《さくにい》を見《み》て、オレは笑《わら》いそうになるのをこらえた。

咲兄《さくにい》……大人《おとな》ぶってるけど、このころはオレたちと同《おな》じじゃん。

って、当《あ》たり前《まえ》か。オレがこんなに小《ちい》さいんだもんな。

ああ、そうか……オレがあのころの二人《ふたり》に追《お》いついたんだ。

『おまえな……そんなことしてる場合《ばあい》か？』

咲兄《さくにい》のあきれた声《こえ》がした。カメラは秋兄《あきにい》の顔《かお》をズームアップしていく。

『ん、んん……オレ、女《おんな》の子《こ》、救《すく》っちゃいました』

『え!? じゃあ、川《かわ》に落《お》ちたってゆーのは!?』

得意満面《とくいまんめん》な顔《かお》になる秋兄《あきにい》に、幼《おさな》いオレがきく。

『そう！　おぼれた女《おんな》の子《こ》を助《たす》けるためだったのです！』

『すげー！』


「これ、秋兄《あきにい》が美桜《みおう》を助《たす》けた日《ひ》に撮《と》ったやつだ」

美桜《みおう》は秋兄《あきにい》をジッと見《み》つめていた。

そうだよな。美桜《みおう》のずっと会《あ》いたがってた『恩人《おんじん》』だもんな。秋兄《あきにい》は。

こんな形《かたち》での再会《さいかい》になるとは思《おも》わなかっただろうけど……。

それは、オレも、そして秋兄《あきにい》もきっとそうだ。

『春輝《はるき》！』

不意《ふい》に秋兄《あきにい》の声《こえ》に呼《よ》ばれて、オレはドキッとする。

もちろん、呼《よ》ばれたのは画面《がめん》のなかの小《ちい》さなころのオレだ。

『おまえはいま、最高《さいこう》のシーンを撮《と》ってるぞ』

『最高《さいこう》のシーン？』

『男《おとこ》がなにかを成《な》しとげた、最高《さいこう》の瞬間《しゅんかん》だ』

『おお〜！』

『なぁ、春輝《はるき》』

画面《がめん》のむこうから、秋兄《あきにい》がオレを、いまのオレを見《み》つめていた。

『映画《えいが》は最高《さいこう》の瞬間《しゅんかん》、ワンシーン、ワンカットの積《つ》みかさねだ』

『あっ、秋兄《あきにい》』

小《ちい》さなころのオレがとまどうように言《い》うのがきこえた。

秋兄《あきにい》が手《て》を伸《の》ばしてカメラをまわす。その先《さき》で小《ちい》さなころのオレがポカンとした表情《ひょうじょう》をしていた。

『春輝《はるき》……おまえはその最高《さいこう》のシーンを撮《と》りつづけていく覚悟《かくご》はあるか？』

『もちろん！　だってオレ、映画監督《えいがかんとく》になるんだもん。映画監督《えいがかんとく》になってすごい映画《えいが》をいっぱい撮《と》って、いっぱい賞《しょう》をとる！　たくさんの人《ひと》を笑顔《えがお》にする映画《えいが》を撮《と》るのがオレの夢《ゆめ》だから！』

得意満面《とくいまんめん》に宣言《せんげん》するオレに、秋兄《あきにい》は――。

『ああ！　春輝《はるき》なら絶対《ぜったい》撮《と》れる！　がんばれよ！』

『おう！　まかせとけ!!』

そう言《い》って、あのころのオレはニカッと笑《わら》っていた。


なんで……忘《わす》れてたんだろう？

いつの間《ま》にか握《にぎ》りしめていた手《て》の上《うえ》に、しずくがポタッと落《お》ちる。

「そっか……秋兄《あきにい》……」

つぶやいた声《こえ》がふるえて、ほおを伝《つた》った涙《なみだ》がポタポタとこぼれていく。

「オレの夢《ゆめ》は……この時《とき》から、はじまってたんだな……」


ありがとう、秋兄《あきにい》……。


画面《がめん》のなかでは秋兄《あきにい》がふざけていて、小《ちい》さなオレがおかしそうに笑《わら》っていた。

それを見《み》つめたまま、オレも美桜《みおう》も笑《わら》った。涙《なみだ》のせいで、画面《がめん》がにじんで見《み》えた。

なくしてしまったと思《おも》っていた夢《ゆめ》は、まだこの胸《むね》にあった。

今度《こんど》こそ、もう一度《いちど》追《お》いかけたい。誰《だれ》のものでもない、オレ自身《じしん》の夢《ゆめ》を――。

第《だい》六章《しょう》

蒼太《そうた》のはなし……放課後《ほうかご》の部室《ぶしつ》

引退《いんたい》をひかえたぼく《蒼太《そうた》》たち三年生《ねんせい》は、その日《ひ》の放課後《ほうかご》、部室《ぶしつ》の片《かた》づけと掃除《そうじ》をしていた。

優《ゆう》が棚《たな》にならんでいた脚本《きゃくほん》や資料《しりょう》をどっさりと段《だん》ボールにいれる。

「えっ、脚本《きゃくほん》も捨《す》てちゃうの!?」

「一冊残《さつのこ》しとけばじゅうぶんだろ。あとは全部処分《ぜんぶしょぶん》だ」

「あぁ〜、三年間《ねんかん》の汗《あせ》と涙《なみだ》の結晶《けっしょう》が〜」

ぼくが未練《みれん》タラタラに見守《みまも》っているあいだにも、段《だん》ボールには次々《つぎつぎ》と脚本《きゃくほん》が放《ほう》りこまれていく。

「オレたちの私物《しぶつ》はなるべく片《かた》づけて、後輩《こうはい》たちが使《つか》いやすいようにしとかないと、だろ」

「はぁ、卒業《そつぎょう》かぁ……したいような、したくないような……」

三年分《ねんぶん》の思《おも》い出《で》がぎっしりつまったこの部室《ぶしつ》に来《く》るのも、あともう少《すこ》し。

春輝《はるき》のおかげで、映画制作《えいがせいさく》なんてふつうならできないようなこともいっしょにやれた。

ぶつかったり、ケンカしたりすることもあったけど、毎日《まいにち》がドキドキ、ワクワクして、学校《がっこう》に来《く》るのが楽《たの》しみだったんだ。それも終《お》わってしまうかと思《おも》うと、しんみりしてしまう。

でも、ぼくらはいつまでも高校生《こうこうせい》のままってわけにはいかない。卒業《そつぎょう》すれば、次《つぎ》のステージが待《ま》っている。それぞれが選《えら》んだ場所《ばしょ》で、夢《ゆめ》や目標《もくひょう》にむかって進《すす》んでいくんだ。


パソコンの前《まえ》に座《すわ》っていた春輝《はるき》が、頭《あたま》のうしろで手《て》を組《く》む。そのまま、画面《がめん》を見《み》つめていた。

「春輝《はるき》、どうした？」

優《ゆう》がたずねると、春輝《はるき》がゆっくり口《くち》をひらいた。

「ラスト……これでいいのかな？」

卒業制作《そつぎょうせいさく》の映画《えいが》だ。春輝《はるき》がもどってきたから、ぼくらはその最後《さいご》の仕上《しあ》げにとりかかっている。もう、全《すべ》てのシーンは撮《と》り終《お》えているから、残《のこ》されているのは編集作業《へんしゅうさぎょう》だけだ。

「春輝《はるき》が考《かんが》えたラストでしょ？　主人公《しゅじんこう》も先輩《せんぱい》も、おたがいを想《おも》いながら、おたがいの夢《ゆめ》をかなえるために別《わか》れを選《えら》ぶって」

春輝《はるき》が言《い》うんだから、それはそれで悪《わる》くないってぼくも優《ゆう》も納得《なっとく》した。

でも、春輝《はるき》はまだ思《おも》うところがあるのか、「う～ん……」とうなっている。

「まさか、ラストを変更《へんこう》したいって言《い》うんじゃないだろうね!?」

「さすがに、いまから追撮《ついさつ》はむずかしいぞ」

優《ゆう》も賛成《さんせい》できないって顔《かお》をしている。

「わかってる。でも……」

考《かんが》えこんでいる春輝《はるき》に、ぼくと優《ゆう》は顔《かお》を見《み》あわせた。

美桜《みおう》のはなし◆◆◆放課後《ほうかご》の部室《ぶしつ》と高台《たかだい》の階段《かいだん》

「榎本夏樹《えのもとなつき》、無事《ぶじ》、中西《なかにし》デザイン専門学校《せんもんがっこう》への進学《しんがく》が決《き》まりました！」

放課後《ほうかご》の美術室《びじゅつしつ》で、なっちゃんが報告《ほうこく》をすると、後輩《こうはい》の部員《ぶいん》たちがワッと拍手《はくしゅ》した。

「榎本先輩《えのもとせんぱい》、おめでとうございます！」

「おめでとうございま～す！」

口々《くちぐち》にお祝《いわ》いの言葉《ことば》を言《い》われて、なっちゃんはホッとしたように涙《なみだ》ぐんだ。

「ありがとう〜！　どうなることかと思《おも》ったけど、進路《しんろ》決《き》まってホントよかったよ〜」

わたし《美桜《みおう》》とあかりちゃんは先《さき》に、なっちゃんからきいていた。

だから、いまは部室《ぶしつ》に残《のこ》っていたキャンバスやクロッキー帳《ちょう》を整頓《せいとん》している。

わたしは照《て》れくさそうにしているなっちゃんを見《み》て、クスッと笑《わら》った。

なっちゃん、本当《ほんとう》にうれしそう。進路《しんろ》に一番《いちばん》なやんでいたもんね。でも、やっぱり最後《さいご》にはちゃんと自分《じぶん》にあった進路《しんろ》を決《き》めるんだから。さすが、なっちゃん。

「みんな、進路《しんろ》が決《き》まって一安心《ひとあんしん》だね」

わたしは片《かた》づけながらあかりちゃんに話《はな》しかける。

「だね。わたしね、美桜《みおう》ちゃんが美大《びだい》を選択《せんたく》してくれてうれしかった。美桜《みおう》ちゃんの絵《え》って、繊《せん》細《さい》で、温《あたた》かくて、いいなぁって思《おも》うこと、何度《なんど》もあったから」

あかりちゃんの言葉《ことば》に、わたしはびっくりする。

「……そうなの？」

「うん。すごく刺激《しげき》受《う》けたし、わたしもがんばんなきゃって思《おも》ったもん」

「わたしもだよ！　あかりちゃんに少《すこ》しでも近《ちか》づこうって……！」

でも、そうなんだ。あかりちゃん、わたしの絵《え》をそんなふうに思《おも》ってくれていたんだ。

うれしい……すごく、うれしい。

いつも、『わたしなんて』って思《おも》っていたから。でも、『なんて』はもう言《い》わないって春輝《はるき》くんと約束《やくそく》した。

わたしも自信《じしん》を持《も》ちたい。胸《むね》をはって、わたしの絵《え》をみんなに見《み》てもらえるようになりたい。

「美術部《びじゅつぶ》にはいってよかった。美桜《みおう》ちゃんとなっちゃんといっしょに描《か》けて」

「うん……わたしも」

あかりちゃんとわたしは、おたがい笑顔《えがお》になる。

「美桜《みおう》ちゃんの絵《え》、これからも見《み》せてね」

「あ、えっと……実《じつ》は……」

わたしはまだあかりちゃんとなっちゃんに、報告《ほうこく》していないことがあった。

進路《しんろ》を美大《びだい》にかえたのは、絵《え》を勉強《べんきょう》するためなんだけど、もう一つ、目標《もくひょう》ができたから。

それは二人《ふたり》が気《き》づかせてくれた、わたしの新《あたら》しい希望《きぼう》だった。

その日《ひ》の帰《かえ》り、わたしは春輝《はるき》くんとならんで、あの高台《たかだい》の階段《かいだん》に座《すわ》っていた。

「美術《びじゅつ》の先生《せんせい》？」

春輝《はるき》くんにききかえされて、わたしは「うん」とうなずいた。

「町内会《ちょうないかい》の絵画《かいが》教室《きょうしつ》でね、教《おし》えるのって楽《たの》しいなーって。もっとちゃんとやってみたくなって、教職《きょうしょく》のとれる美大《びだい》にしたの」

「そっか。絵《え》、つづけるんだ」

「でも、絵《え》を描《か》かなきゃって身《み》がまえたら、なにを描《か》いたらいいかわからなくなっちゃって」

「それ、わかるわ」

「え？」

「オレ、いままで映画《えいが》づくりで、なやむことってなかったんだ。秋兄《あきにい》ならこうすればよろこぶだろうって、それで判断《はんだん》してたから」

春輝《はるき》くんは少《すこ》し遠《とお》くを見《み》つめたまま先《さき》をつづける。

「でも、いざ自分《じぶん》の映画《えいが》をつくろうと思《おも》った時《とき》、どうすればいいかわかんなくなった。オレはどんな映画《えいが》をつくりたいんだ？　誰《だれ》に見《み》せたいんだ？　って」

真剣《しんけん》な表情《ひょうじょう》で、春輝《はるき》くんは階段《かいだん》においていた手《て》をグッと握《にぎ》りしめた。

「そしたら咲兄《さくにい》がさ……『わからないことがあるから、学《まな》びにいくんだろ？』だってさ」

わたしは明智《あけち》先生《せんせい》らしいアドバイスに思《おも》わずクスッと笑《わら》った。

「そうだね。明智《あけち》先生《せんせい》の言《い》うとおりだね」

わたしを見《み》て、春輝《はるき》くんがふっと表情《ひょうじょう》をやわらげる。

「これからだな」

「うん、これからだよ」

わたしと春輝《はるき》くんはいっしょに、見《み》なれた街《まち》の景色《けしき》を見《み》つめる。

わたしたちはまだ、成長《せいちょう》の途中《とちゅう》。迷《まよ》って、ぶつかって、失敗《しっぱい》して。一つ一つ、学《まな》んでいく。

そしていつの日《ひ》にか、なりたい自分《じぶん》に――。

美《み》桜《おう》と春《はる》輝《き》のはなし◆◆◆そして、卒業《そつぎょう》へ……

春《はる》、三月《がつ》――わたしたちは、卒業式《そつぎょうしき》をむかえた。

体育館《たいいくかん》でおこなわれた卒業式《そつぎょうしき》で、卒業証書《そつぎょうしょうしょ》を受《う》けとる。

それから教室《きょうしつ》にもどると、明智先生《あけちせんせい》から思《おも》い出《で》のたっぷりつまった卒業《そつぎょう》アルバムが配《くば》られた。


三年間《ねんかん》すごした学《まな》び舎《や》をあとにしたみんなは、集《あつ》まってそれぞれの別《わか》れをおしんでいる。

あかりちゃんといっしょにいるのは、望月《もちづき》くんだった。

「あの！　卒業《そつぎょう》しても、連絡《れんらく》していいですか？」

緊張《きんちょう》した様子《ようす》でたずねる望月《もちづき》くんの前《まえ》で、あかりちゃんはキョトンとした顔《かお》をしていた。

それから、少《すこ》し首《くび》をかしげる。

「ダメって言《い》ったら、連絡《れんらく》してこないんですか？」

「え!?　いや……ダメって言《い》われてもしちゃうかも……」

オタオタしながら答《こた》える望月《もちづき》くんに、あかりちゃんはクスクス笑《わら》う。

「いつでもどうぞ。蒼太《そうた》くんなら大歓迎《だいかんげい》ですよ」

望月《もちづき》くんは飛《と》びあがりそうなほどよろこんで、「毎日《まいにち》します！」と大《おお》きな声《こえ》で宣言《せんげん》する。

望月《もちづき》くんとあかりちゃんは、二人《ふたり》のペースできっとゆっくり進《すす》んでいくんだろうなぁ。


「ホントごめんな。最後《さいご》の映画《えいが》、未完成《みかんせい》になっちまって」

春輝《はるき》くんは、映画研究部《えいがけんきゅうぶ》の後輩《こうはい》たちにかこまれて、申《もう》しわけなさそうな顔《かお》をしていた。

「残念《ざんねん》ですけど、ちょっと安心《あんしん》しました。芹沢先輩《せりざわせんぱい》でもなやむことあるんだなって」

「応援《おうえん》してますから！　絶対《ぜったい》、監督《かんとく》になってくださいね！」

「あぁ！　みんなもがんばれよ」

激励《げきれい》するように春輝《はるき》くんが笑《わら》うと、後輩《こうはい》たちは「はい！」と返事《へんじ》する。

そのうちに、後輩《こうはい》の女《おんな》の子《こ》たちが集《あつ》まってきて、春輝《はるき》くんのまわりには人垣《ひとがき》ができていた。


いつも、みんなにかこまれて、楽《たの》しそうに笑《わら》っている。

そんな春輝《はるき》くんを遠巻《とおま》きに見《み》つめていると、瀬戸口《せとぐち》くんがわたしのそばにやってきた。

「春輝《はるき》、つかまってんな」

「校内一《こうないいち》の有名人《ゆうめいじん》だもん。なかなかはなしてもらえそうにないね」

「これ、映画研究部《えいがけんきゅうぶ》から」

瀬戸口《せとぐち》くんがわたしに差《さ》しだしたのは、薄《うす》いケースだった。

「DVD《ディーブイディー》……？」

「春輝《はるき》にはナイショな」

瀬戸口《せとぐち》くんは、口《くち》もとに人《ひと》さし指《ゆび》をあてる。わたしはもう一度《いちど》、ケースに目《め》をやった。


「ちょ、ちょっと、榎本先輩《えのもとせんぱい》！」

「いいから、いいから」

なっちゃんが、新聞部《しんぶんぶ》の生徒《せいと》をつかまえて引《ひ》っぱってくる。メガネをかけた後輩《こうはい》の男子《だんし》だった。

なっちゃんの弟《おとうと》くんの友《とも》だちで、山本《やまもと》くんだったかな。

「ねえ、せっかくだし、みんなで写真《しゃしん》とろーよ！」

なっちゃんがそう言《い》いながら、わたしたちのもとにやってきた。

春輝《はるき》くんや、あかりちゃん、望月《もちづき》くんもその声《こえ》で集《あつ》まってくる。

わたしたちが移動《いどう》したのは、いつもいっしょにお弁当《べんとう》を食《た》べたあの屋上《おくじょう》。

花壇《かだん》のそばに立《た》った山本《やまもと》くんは「いきますよー」とカメラをむける。

わたしたちが笑顔《えがお》になると、カシャッとシャッターを切《き》る音《おと》がした。

この日《ひ》撮《と》った写真《しゃしん》は、わたしたちの忘《わす》れられない一枚《いちまい》になった——。

みんなが帰《かえ》ってしまったあとの教室《きょうしつ》は、静《しず》かだった。

この教室《きょうしつ》にいるのはわたしと春輝《はるき》くんの二人《ふたり》

だけ。

席《せき》に座《すわ》って、わたしは春輝《はるき》くんのアルバムによせ書《が》きをする。それをのぞこうとする春輝《はるき》くんに気《き》づいて、パタンとアルバムを閉《と》じた。

「いーじゃん」

「だ～め」

立《た》ちあがったわたしは、そっと机《つくえ》をなでる。

「この教室《きょうしつ》も、今日《きょう》で最後《さいご》だね……」

さびしさをおぼえて、わたしはポツリとつぶやいた。

「美桜《みおう》は先生《せんせい》になるんだろ？　また来《く》るかもしれないぞ」

「あっ、そうだね」

次《つぎ》にもどってくる時《とき》には、『先生《せんせい》』か……。

わたしは教壇《きょうだん》に立《た》ち、きれいにならんだ席《せき》を見《み》わたす。

「授業《じゅぎょう》、緊張《きんちょう》するだろうなぁ」

人前《ひとまえ》に立《た》つのが苦手《にがて》で、大《おお》きな声《こえ》もだせないわたしが本当《ほんとう》に先生《せんせい》になれるのかな？

不安《ふあん》な顔《かお》をしていると、春輝《はるき》くんが指《ゆび》フレームをつくってわたしにむけた。

「合田先生《あいだせんせい》！　先生《せんせい》の夢《ゆめ》はなんですか？」

インタビューするみたいに、春輝《はるき》くんがきく。

「わたしの夢《ゆめ》は……」

黒板《こくばん》のほうをむいて、わたしはチョークで書《か》いていく。


『美術《びじゅつ》の先生《せんせい》になる！』

『美術《びじゅつ》コンクール大賞受賞《たいしょうじゅしょう》！』

『成績《せいせき》アップ』

『わたしなんかって言《い》わない！』


「……です」

「ははっ」

楽《たの》しそうに笑《わら》っている春輝《はるき》くんを、わたしは教壇《きょうだん》から見《み》つめる。

ずっといっしょにいたい……でも……。

「芹沢《せりざわ》くん、あなたの夢《ゆめ》はなんですか？」

わたしがたずねると、春輝《はるき》くんは「オレは……」と言《い》いかけてやめ、席《せき》を立《た》った。

教壇《きょうだん》にやってくると、チョークを手《て》にとって、わたしと同《おな》じように黒板《こくばん》に書《か》いていく。


『アカデミー賞受賞《しょうじゅしょう》！』

『映画《えいが》カントク！』


春輝《はるき》くんとわたしは、思《おも》い思《おも》いのことを書《か》きはじめた。

顔《かお》を見《み》あわせてクスッと笑《わら》うと、また書《か》いていく。

それはどんどん、ふくらんでいって、黒板《こくばん》いっぱいになった。


やりたいことも、かなえたいこともたくさんある。

でも、一番《いちばん》の夢《ゆめ》は、願《ねが》いは……かなわない。

わたしはチョークで小《ちい》さく、『好《す》き』と書《か》きこんだ。

その文字《もじ》を見《み》つめていると、胸《むね》がしめつけられて、涙《なみだ》ぐみそうになる。

近《ちか》づいたら、はなれたくなくなるから……。
一分《ぷん》、一秒《びょう》を絶対《ぜったい》に忘《わす》れないように……。

わたしは文字《もじ》を、そっと背中《せなか》で隠《かく》した。

オレ《春輝《はるき》》と美桜《みおう》はその日《ひ》の帰《かえ》り、高台《たかだい》の階段《かいだん》にむかった。
本当《ほんとう》ははなれたくない。
オレたちのあいだの距離《きょり》は、10センチのまま。それ以上《いじょう》、近《ちか》づくことはない。
ふれたら、はなしたくなくなるから……。

いま、この時《とき》を、絶対《ぜったい》に忘《わす》れないように……。


いつもとかわらない話《はなし》をして、それがつきたころにはもう夕方《ゆうがた》になっていた。

オレたちはゆっくりと階段《かいだん》をおりていく。

「ここでいいよ」

美桜《みおう》が足《あし》をとめて言《い》った。

「家《いえ》まで送《おく》るよ」

「ダメだよ、明日出発《あしたしゅっぱつ》でしょ？　いろいろ準備《じゅんび》しないと」

「うん……」


オレたちはむきあったまま、しばらくだまっていた。

いつもなら、「じゃあ、また明日《あした》な」と言《い》って手《て》をふりながら別《わか》れただろう。

オレたちがいっしょにいる明日《あした》は、もうこない。

また、明日《あした》とそう言《い》えることは、本当《ほんとう》に幸《しあわ》せなことだったんだ。

「じゃ……バイバイ」

美桜《みおう》がくちびるを少《すこ》しだけひらいて、小《ちい》さな声《こえ》で言《い》った。

「ああ、じゃあな」

オレは答《こた》えて背《せ》をむける。そしておたがいに別々《べつべつ》の方向《ほうこう》に歩《ある》きだした。

ふりかえるな……。

オレは美桜《みおう》を選《えら》べなかった。だからこの想《おも》いには、鍵《かぎ》をかけた。


オレは強《つよ》くくちびるをかみしめて、足《あし》をとめる。

本当《ほんとう》に、これが最後《さいご》だ。最後《さいご》にもう一度《いちど》だけ、美桜《みおう》の姿《すがた》を……。

ふりかえると、美桜《みおう》もオレのほうをふりかえっていた。


喉《のど》もとまで出《で》かけた言葉《ことば》をのみこんで、オレはこぶしを力《ちから》いっぱい握《にぎ》った。

口《くち》をひらいたのは、美桜《みおう》のほうだった。

「……アルバム！」

「え？」

「卒業《そつぎょう》アルバムのよせ書《が》き、見《み》てね！」

「あ……」

美桜《みおう》はクルッと背《せ》をむけて今度《こんど》こそふりかえらずに走《はし》っていく。


アルバムのよせ書《が》き？

オレはベンチに腰《こし》かけて、カバンのなかからアルバムを引《ひ》っぱりだした。

めくっていくと、美桜《みおう》のよせ書《が》きがすみのほうに書《か》かれていた。そこには……。

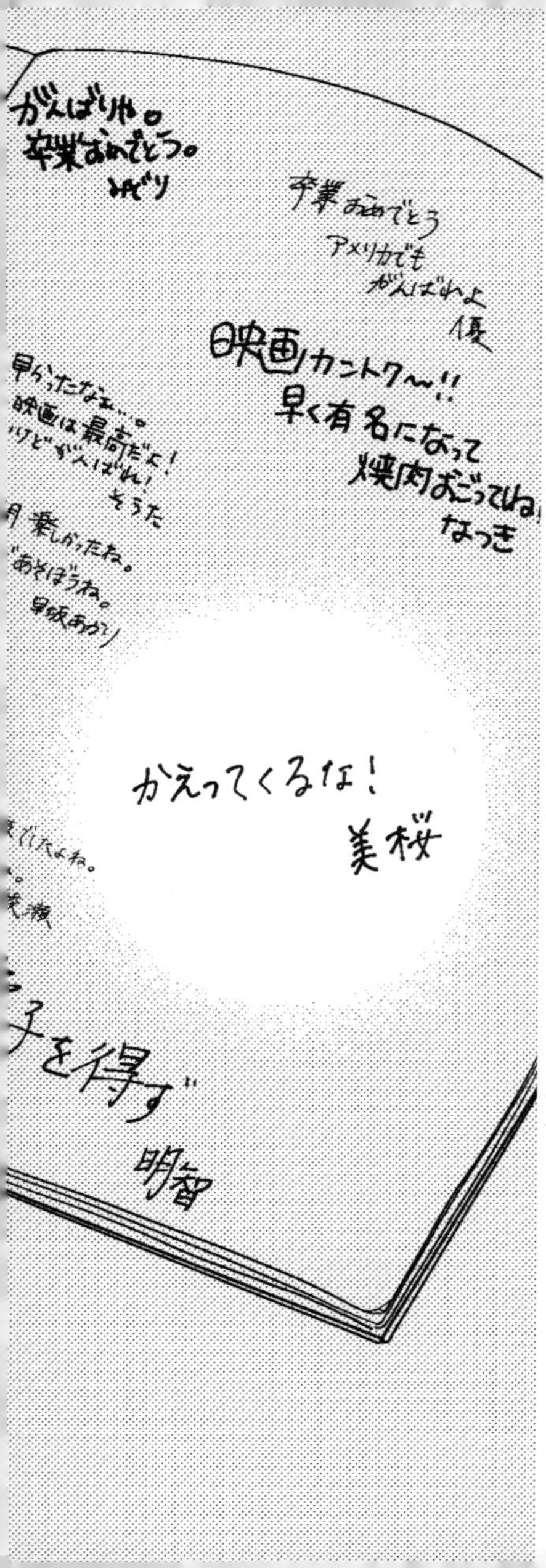

『かえってくるな！　美桜《みおう》』

「……ははっ」

オレは思《おも》わず、声《こえ》にだして笑《わら》った。

美桜《みおう》らしいような、美桜《みおう》らしくないような。

でもその一言《ひとこと》に、オレは強《つよ》く背中《せなか》を押《お》された気《き》がした。

ありがとう——美桜《みおう》。

明智《あけち》 咲《さく》のはなし◆◆◆芹沢家《せりざわけ》のお墓《はか》

卒業式《そつぎょうしき》の翌日《よくじつ》、オレ《明智咲《あけちさく》》は花《はな》とアメを持《も》って霊園《れいえん》にむかった。

いちおう、あいつには報告《ほうこく》しておかないとな。

そう思《おも》いながら千秋《ちあき》の墓《はか》の前《まえ》まで行《い》くと、もうすでに花《はな》がそなえられていた。

ばらまくようにおかれたアメを見《み》て、オレはふっと笑《わら》う。

「……春輝《はるき》か。多《おお》すぎるっつーの」

春輝《はるき》が報告《ほうこく》したんなら、もう、知《し》ってるよな。

千秋《ちあき》。あいつ、ちゃんと卒業《そつぎょう》していったよ……。

春輝《はるき》と美桜《みおう》のはなし◆◆◆旅立《たびだ》ちの日《ひ》

空港《くうこう》のベンチに座《すわ》ったオレ《春輝《はるき》》は、携帯《けいたい》の画面《がめん》を見《み》つめる。

映《うつ》っているのは、美桜《みおう》が描《か》いた高台《たかだい》の恋《こい》の絵《え》だ。

美桜《みおう》の連絡先《れんらくさき》を呼《よ》びだしたところで、手《て》がとまる。

待《ま》っていて欲《ほ》しい、なんて言《い》えない。何年《なんねん》かかるかわからないのに……。

電源《でんげん》を切《き》ろうとした時《とき》、ちょうどメッセージがはいる。それは、美桜《みおう》からのものだった。


『ずっと待《ま》ってる』


オレは涙《なみだ》ぐんで上《うえ》をむく。

時間《じかん》になり、立《た》ちあがって搭乗口《とうじょうぐち》へと歩《ある》きだした。

さよなら街《まち》ゆく人々《ひとびと》。
さよなら待《ま》たせる人《ひと》。
いつかただいま言《い》える日《ひ》まで。
いつか好《す》きだと……言《い》える日《ひ》まで。
いつか……未来《みらい》がつながる、その時《とき》まで——。

わたし《美桜《みおう》》は高台《たかだい》の階段《かいだん》に一人《ひとり》立《た》ち、指《ゆび》でつくったフレームを空《そら》にむけた。
春輝《はるき》くんがいつもしていたように……。

そのフレームのなかを飛行機《ひこうき》が横《よこ》ぎっていく。
それが見《み》えなくなると、わたしは指《ゆび》フレームをといてゆっくり手《て》をおろした。

さよなら好《す》きな人《ひと》。
わたしの初恋《はつこい》でした——。

家《いえ》にもどったわたしは、自分《じぶん》の部屋《へや》にはいる。もう着《き》ることのない制服《せいふく》は、壁《かべ》にかけられていた。卒業証書《そつぎょうしょうしょ》と卒業《そつぎょう》アルバムといっしょに、DVD《ディーブイディー》のケースが机《つくえ》におかれている。

そういえば、瀬戸口《せとぐち》くんからわたされてたんだった。春輝《はるき》くんにはナイショって言《い》ってた。

パソコンの前《まえ》に座《すわ》ると、DVD《ディーブイディー》を再生《さいせい》する。

映《うつ》しだされたのは、春輝《はるき》くんの姿《すがた》だった。うしろに見《み》えているのは、映画研究部《えいがけんきゅうぶ》の部室《ぶしつ》の風景《ふうけい》。

でも、春輝《はるき》くんは自分《じぶん》が撮《と》られていることに気《き》づいていない。

『ホントわるい。みんなの映画《えいが》、だいなしにしちまって……』

春輝《はるき》くんの声《こえ》……。

『あれのどこが不満《ふまん》なんだ？』

『悪《わる》くないラストだと思《おも》うけどなぁ』

瀬戸口《せとぐち》くんと、望月《もちづき》くんがきく。

『いや。あれじゃあ、美桜《みおう》を笑顔《えがお》にはできない』

春輝《はるき》くんの言葉《ことば》にわたしはハッとした。

『美桜《みおう》が「おもしろかったよ」って、心《こころ》から笑《わら》って言《い》えるような、そんなラストにしたいんだ』

春輝《はるき》くんは申《もう》しわけなさそうな顔《かお》をする。

『すげー、自分勝手《じぶんかって》だけど……』

『いいんじゃねえの？　オレたちの卒業制作《そつぎょうせいさく》だ、おまえが納得《なっとく》いかないいんじゃ意味《いみ》がない』

そう言《い》ったのは、瀬戸口《せとぐち》くんだ。

『いつか絶対《ぜったい》、美桜《みおう》を心《こころ》から笑顔《えがお》にできる映画《えいが》をつくる！　そのために、アメリカへ行《い》く！』

春輝《はるき》くんは力強《ちからづよ》く、宣言《せんげん》するようにそう言《い》った。

わたしは息《いき》をのんで、画面《がめん》のなかの春輝《はるき》くんを見《み》つめていた。

心臓《しんぞう》が、痛《いた》いほど脈《みゃく》うってるのがわかる。

春輝《はるき》くん……。

『それってさ、合田《あいだ》さんのことが好《す》きってことだよね？』
『はぁ？　なに言《い》って……おい、カメラまわってねえか!?』
『あれ？　いつの間《ま》に』
気《き》づいた春輝《はるき》くんに、瀬戸口《せとぐち》くんがとぼけたように答《こた》える。
『録画《ろくが》スイッチ、まちがえて押《お》しちゃったかなぁ？』
望月《もちづき》くんもそう言《い》って、ごまかしていた。
『ぜってー消《け》せよ！』
『はいはい』
瀬戸口《せとぐち》くんの声《こえ》を最後《さいご》に、映像《えいぞう》はとぎれた。

春輝《はるき》くん……。

心《こころ》のなかで名前《なまえ》をくりかえすたびに、涙《なみだ》があふれだしてくる。
「待《ま》ってる……ずっと……！」

エピローグ

美桜《みおう》のはなし・・・七年《ねん》後《ご》、桜丘高校《さくらがおかこうこう》

あの日《ひ》から、七年《ねん》――。

わたし《美桜《みおう》》は学校《がっこう》の先生《せんせい》になるという夢《ゆめ》をかなえて、いま、この桜丘高校《さくらがおかこうこう》にもどってきていた。わたしと春輝《はるき》くんが出会《であ》ったあの桜《さくら》の木《き》も、以前《いぜん》のまま。花《はな》びらはもう散《ち》ってしまっていて、若葉《わかば》がのびている。

「美桜《みおう》ちゃん先生《せんせい》！」

美術室《びじゅつしつ》の水道《すいどう》で筆《ふで》を洗《あら》っていたわたしは、生徒《せいと》の声《こえ》に「はーい」と返事《へんじ》した。

エプロンで手《て》をぬぐってから、キャンバスにむかっている生徒《せいと》たちのもとにもどる。

「どうしたの？」

「ここ、うまくいかなくて」

生徒《せいと》の絵《え》を見《み》て、わたしは「ん～」と思案《しあん》した。

「もう少《すこ》し濃《こ》い色《いろ》をのせて、メリハリをつけたらどうかな？」

助言《じょげん》すると、生徒《せいと》はわかったのかさっそく色《いろ》をかさねてぬっていく。

「美桜《みおう》ちゃん先生《せんせい》、こっちもー！」

また、べつの生徒《せいと》から声《こえ》がかかる。

「はいはい。その呼《よ》びかた、なんとかならない？」

「だって先生《せんせい》、かわいいんだもん！」

「美桜《みおう》ちゃんって感《かん》じ！」

生徒《せいと》たちは、「ねー」と顔《かお》を見《み》あわせてニコニコ笑《わら》っている。

もー……これでも、いちおうは先生《せんせい》なんですからね。わたしは苦笑《にがわら》いを浮《う》かべた。

「美桜《みおう》ちゃん先生《せんせい》って、ここの生徒《せいと》だったんでしょ？」

「七年《ねん》も前《まえ》だけどね」

「好《す》きな人《ひと》、いた？」

いきなりの質問《しつもん》に、わたしはドキッとする。

顔《かお》が赤《あか》くなっていたのか、生徒《せいと》たちが「いたんだ！」とはしゃぐ。

「ねえねえ、どんな人《ひと》!?」

「夢《ゆめ》にむかって、まっすぐな人《ひと》……かな」

懐《なつ》かしさをおぼえながら、わたしは少《すこ》し目《め》を細《ほそ》める。

「美桜《みおう》ちゃん先生《せんせい》かわいい〜」

「乙女《おとめ》チック！」

わたしはパンパンと手《て》を叩《たた》いた。

「はい、おしゃべりはおしまい。みんな、手《て》を動《うご》かして」

「はーい」

いつのころもかわらない風景《ふうけい》――。

休《やす》み時間《じかん》、わたしは屋上《おくじょう》に来《き》ていた。

フェンスによりかかりながら、「ふぅ……」と息《いき》をはく。


この学校《がっこう》にもどってきてから、春輝《はるき》くんのことを、前《まえ》よりもよく思《おも》いだすようになった。

学校《がっこう》も生徒《せいと》たちの様子《ようす》も、わたしが生徒《せいと》だったころと少《すこ》しもかわらないからなのか。

七年《ねん》たっても、記憶《きおく》は少《すこ》しも色《いろ》あせなくて、はっきりと思《おも》いうかんでくる。

だから、いまも校舎《こうしゃ》のなかを歩《ある》いていると、自分《じぶん》がまだ生徒《せいと》のような気《き》がして……。


春輝《はるき》くんの姿《すがた》をさがしていることがある。もう、いるはずはないのに。

『美桜《みおう》、いっしょに帰《かえ》ろうぜ』

あのころみたいに笑顔《えがお》でやってきて、声《こえ》をかけてくるんじゃないか。

そんなふうに……思《おも》うことがある。


「合田先生《あいだせんせい》」

声《こえ》をかけられて、わたしはふりむいた。

「明智先生《あけちせんせい》」

明智先生《あけちせんせい》もかわらないな。わたしたちが生徒《せいと》だったころと同《おな》じ白衣姿《はくいすがた》で、棒《ぼう》つきのアメをくわえているところもあのころのまま。その明智先生《あけちせんせい》に、合田先生《あいだせんせい》なんて呼《よ》ばれると、なんだかくすぐったい。

「ここ、よくいるなぁ」

「昔《むかし》の習慣《しゅうかん》でつい。あ、そういえば、なっちゃんが先生《せんせい》に会《あ》いたがってましたよ」

なっちゃんやあかりちゃんとは、いまでも連絡《れんらく》をとりあっている。

おたがいに会《あ》えることは少《すく》なくなったけど……それでもわたしたちはかわらずに親友《しんゆう》のままだ。

「べつに来《こ》なくていいのに。卒業《そつぎょう》したらうしろはふりかえらない、前《まえ》だけむいてればいい」

「……先生《せんせい》をやってると、ちょっと不思議《ふしぎ》な気持《きも》ちになりますね」

わたしは楽《たの》しそうにさわいでいる生徒《せいと》たちを見《み》つめる。

「ん？」

「卒業《そつぎょう》したのに、してないような……自分《じぶん》だけ、まだイノコリしてるみたいな」

「イノコリねぇ」

明智《あけち》先生《せんせい》はフムッと考《かんが》えこんでいる。

「明智《あけち》先生《せんせい》は、どうして先生《せんせい》になったんですか？」

わたしはふと、先生《せんせい》にたずねてみたくなった。

「……昔《むかし》、千秋《ちあき》に言《い》われたから」

「春輝《はるき》くんのお兄《にい》さんに……？」

「オレは先生《せんせい》にむいてるって。とくにやりたいことなかったし」

「それで……？」

「いまは、イノコリも悪《わる》くないなって思《おも》う。いろんな生徒《せいと》と出会《であ》って、成長《せいちょう》を見《み》られるのがけっこうおもしろいしな」


不本意《ふほんい》そうに、明智先生《あけちせんせい》は顔《かお》をしかめる。わたしはそれを見《み》て笑《わら》った。

中庭《なかにわ》にいた生徒《せいと》たちが、「美桜《みおう》ちゃん先生《せんせい》！」と手《て》をふってくる。

わたしはつい笑顔《えがお》で手《て》をふりかえしてから、明智先生《あけちせんせい》がいることに気《き》づいてパッと赤面《せきめん》した。

「す、すみません！　先生《せんせい》らしく、もっと威厳《いげん》がないとって思《おも》ってるんですけど……」

「生徒《せいと》にしたわれるのも、先生《せんせい》の醍醐味《だいごみ》でしょ。その調子《ちょうし》でがんばってください、合田先生《あいだせんせい》」

明智先生《あけちせんせい》はポケットから棒《ぼう》つきアメをとりだすと、それをわたしにむける。

わたしは「はい！」と返事《へんじ》をして、アメを受《う》けとった。

明智先生《あけちせんせい》は、わたしにとってはいまでもやっぱり明智先生《あけちせんせい》です……。

校舎《こうしゃ》に引《ひ》きかえしていく先生《せんせい》を見《み》おくりながら、わたしは笑《え》みをこぼす。

その瞳《ひとみ》を、空《そら》にむけた。

仕事《しごと》は楽《たの》しいし、毎日充実《まいにちじゅうじつ》してる。やりがいもある。

卒業式《そつぎょうしき》の日《ひ》、春輝《はるき》くんといっしょに黒板《こくばん》いっぱいに描《か》いた夢《ゆめ》。

美術《びじゅつ》の先生《せんせい》になるという夢《ゆめ》はかなった。

でも……ときどき、ふと思《おも》う。あの時《とき》……10センチをちぢめていたら、どうなったのかなって。

夏樹《なつき》のはなし◆◆◆スイーツ店《てん》

休日《きゅうじつ》、わたし《榎本夏樹《えのもとなつき》》は、久《ひさ》しぶりにあかりと美桜《みおう》と三人《にん》でスイーツ店《てん》に来《き》ていた。テーブルに座《すわ》るわたしたちのもとに、デコレーションケーキが運《はこ》ばれてくる。

「「なっちゃん、婚約《こんやく》おめでとー！」」

あかりと美桜《みおう》は、パチパチと手《て》を叩《たた》きながら声《こえ》をそろえた。

「ありがとー！　ケーキすごーい！」

お祝《いわ》いのメッセージがはいったケーキに、わたしは思《おも》わず感動《かんどう》の声《こえ》をあげた。

そう、わたしこと、榎本夏樹《えのもとなつき》は、なんと!!

優《ゆう》にプロポーズされたんです！

婚約《こんやく》が決《き》まって二人《ふたり》に報告《ほうこく》したら、今日《きょう》、お祝《いわ》いをしてくれることになったんだよね。

「ねぇ、プロポーズはどんなふうにされたの？」

あかりにきかれて、わたしはムフフッと笑《わら》った。

「ききたい？」

じらすようにきくと、美桜《みおう》が「ききたい、ききたい」とうなずく。

「優《ゆう》の家族《かぞく》が旅行《りょこう》でいなかったとき、朝《あさ》ごはんつくりにいってね――」

思《おも》いだすと、顔《かお》がニヤけそうになる。

優《ゆう》の家《いえ》のキッチンで、朝《あさ》、いっしょに朝《あさ》ごはんを食《た》べてたんだよねー。

メニューはごはんにお味噌汁《みそしる》。あ、インスタントじゃないやつだよ！

これでも、料理《りょうり》は勉強《べんきょう》したもんね。得意料理《とくいりょうり》は、たまご焼《や》き！

この時《とき》はちょっと焦《こ》げちゃったけど……まあ、大丈夫《だいじょうぶ》。食《た》べられるレベルだったから！　あと、

サラダもつくったんだよね。

でも、ちょっと寝不足《ねぶそく》で、わたしは『ふわぁ！』とあくびした。

『眠《ねむ》そうだな』

『明《あ》けがたまで描《か》いてたからね』

『イラストレーターもなかなかハードだな。朝飯《あさめし》、ムリしてつくんなくてよかったのに』

『優《ゆう》だって、お仕事大変《しごとたいへん》でしょ？　なにかしたいじゃん、彼女《かのじょ》としては』

ニコッと笑《わら》ったわたしに、優《ゆう》はちょっと赤面《せきめん》しながら……。

『……彼女《かのじょ》、そろそろやめる？』

『え？』

ええ――っ。わたし……もしかして、とうとう……。

優《ゆう》に愛想《あいそう》つかされて、ふられんの――――っ！！！

い、いつか、こんな日《ひ》が来《く》るような気《き》がしてたんだ。

たまご焼《や》きがやっぱりちょっと焦《こ》げすぎたからかな!?　それともお味噌汁《みそしる》がからすぎた!?

ああ、きっと、サラダにはフレンチドレッシングより、和風《わふう》ドレッシング派《は》だったんだ～っ！

そんなことも知《し》らないなんて、彼女失格《かのじょしっかく》だって思《おも》われたんだ……。

なんて、落《お》ちこみそうになっていた時《とき》だった。

『奥《おく》さんに、なりませんか』

え……オ・ク・サ・ン？

優《ゆう》はポカンとしているわたしに、照《て》れくさそうに指輪《ゆびわ》を差《さ》しだした。

それが婚約指輪《こんやくゆびわ》だって気《き》づくのに、三十秒《びょう》くらいかかっちゃったんだけどね。

うれしかったなぁ〜。


わたしは自分《じぶん》の指《ゆび》にピッタリはまっているその指輪《ゆびわ》に、ほおずりする。

「けっこう前《まえ》から、指輪用意《ゆびわようい》してたんだって。もう、早《はや》くだせばいいのにねぇ」

「なっちゃん、幸《しあわ》せがあふれてる」

美桜《みおう》がニコニコしながら言《い》う。

それはそうだよ！　優《ゆう》、なかなか言《い》ってくれないし……。

だから、わたしはいま、とっても、とっても幸《しあわ》せです♡

わたしはヘヘッと笑《わら》う。我《われ》ながらのろけてる。

「プロポーズかぁ。いいねぇ、あこがれちゃうなぁ」

あかりがうっとりしたように言《い》った。

「あかりだって、そろそろじゃない？　もちたと結婚《けっこん》」

そのへん、どうなの!?　わたしはニヤーッと笑《わら》ってきく。

「えっ!?　け、結婚《けっこん》なんて……そんな話《はなし》、全然《ぜんぜん》してないし！」

あかりはそう言《い》って、パタパタと手《て》をふった。

「全然《ぜんぜん》かぁ。もちたって、あいかわらずダメだねー」

「そんなことないよっ！」

あれ、めずらしい。あかりがムキになってる。

わたしと美桜《みおう》が見《み》ていると、あかりは恥《は》ずかしそうにうつむいた。

「キャンバスを買《か》いにいくって言《い》ったら、わざわざ来《き》てくれて、荷物《にもつ》を持《も》ってくれたし」

ほーほーっ、あのもちたがねえーっ。高校生《こうこうせい》のころには、サッカーボールを顔面《がんめん》で受《う》けて保健《ほけん》室《しつ》に運《はこ》ばれていたもちたがねーっ。

わたしと美桜《みおう》がフムフムときいていると、あかりはモジモジしながら先《さき》をつづける。

「海《うみ》の絵《え》を描《か》きたいなぁって言《い》ったら、お仕事《しごと》いそがしいのに、海《うみ》まで連《つ》れてってくれたし」

海《うみ》デート!?　あの、あかりを遠《とお》くからのぞき見《み》ていることしかできなかったもちたが!?

やるじゃん、もちた。ちゃんと成長《せいちょう》してるじゃん！


「蒼太《そうた》くんはすごーく優《やさ》しいんだからっ！」

あかりは両手《りょうて》を握《にぎ》りしめながら、力《ちから》をこめて言《い》う。

「ラブラブですなー」

「あかりちゃん、大事《だいじ》にされてるねぇ」

わたしと美桜《みおう》がニコニコしながら言《い》うと、あかりは「あ……うん」と小《ちい》さくうなずいた。

ほんのりほおが赤《あか》くなっている。

もちた、よかったね。ちゃんと、あかりに想《おも》われてるよ。

わたしは、美桜《みおう》のことを思《おも》いだしてハッとする。

そうだった〜っ、春輝《はるき》はまだアメリカなんだ。

「えっと……美桜《みおう》ちゃんはって、きいても大丈夫《だいじょうぶ》かな？」

あかりが遠慮《えんりょ》がちにきくと、美桜《みおう》はニコッとほほえむ。

「気《き》をつかわないでいいよ。あいかわらず、連絡《れんらく》はないけど、この前《まえ》、わたしの誕生日《たんじょうび》にDVD《ディーブイディー》が送《おく》られてきたの。春輝《はるき》くんの短編映画《たんぺんえいが》、すっごくおもしろかった！」

「手紙《てがみ》とかは？」

あかりがきくと、美桜《みおう》は「ううん」と小《ちい》さく首《くび》をふった。

「DVD《ディーブイディー》だけ。いつもどおり」

「あの映画《えいが》バカ！　連絡《れんらく》くらいしてもいいのに！　もう七年《ねん》だよ？　いくらなんでも待《ま》たせすぎ！」

ほんとにも――――っ!!!

きっと、自分《じぶん》から連絡《れんらく》をとるのはかっこ悪《わる》いとか、そんなこと考《かんが》えてるんだ！

「大《おお》きな夢《ゆめ》だから、時間《じかん》かかるんだよ。わたし、待《ま》つって決《き》めたから」

「美桜《みおう》ちゃん……」

あかりが気《き》づかうような瞳《ひとみ》を、美桜《みおう》にむける。

「美桜《みおう》が許《ゆる》しても、わたしは怒《おこ》るよ！　結婚式《けっこんしき》に、春輝呼《はるきよ》ぶから！　そんで、いつまで美桜《みおう》を待《ま》たせんの!?　って、思《おも》いっきりグーパンチしてやる！」

「え？　花嫁姿《はなよめすがた》でパンチするの？」

目《め》を丸《まる》くするあかりに、わたしは当然《とうぜん》と握《にぎ》りこぶしをつくってみせる。

「ここはパーじゃなくて、グーでしょ！」

でないと、わたしの気《き》がすまない。美桜《みおう》はわたしの大《だい》、大《だい》、大《だい》、大親友《だいしんゆう》なんだからね！

泣《な》かせるやつは、幼《おさな》なじみだろうと容赦《ようしゃ》しない！

美桜《みおう》はわたしとあかりのやりとりをききながら、おかしそうに笑《わら》っている。

でも……きっとさびしいと思《おも》ってるよね。

わたしなんて、優《ゆう》と一日《にち》はなれただけでも心配《しんぱい》になって、不安《ふあん》になって、顔《かお》を見《み》たくなる。

それがもう七年《ねん》になるんだから。

美桜《みおう》はずっと、待《ま》ってる。わたしは美桜《みおう》には幸《しあわ》せになって欲《ほ》しい。

つらい思《おも》いをたくさんしたぶん、誰《だれ》よりも幸《しあわ》せになって欲《ほ》しい。

美《み》桜《おう》のはなし……そしてわたしたちの物語《ものがたり》はまた、はじまる

人生《じんせい》は一つの物語《ものがたり》……七年前《ねんまえ》、春輝《はるき》くんとわたしの物語《ものがたり》はつながっていた。でも、いまは……。

美術室《びじゅつしつ》で、美術部《びじゅつぶ》の生徒《せいと》たちが熱心《ねっしん》に絵《え》を描《か》いている。
わたし《美桜《みおう》》やなっちゃん、あかりちゃんがいたころと同《おな》じように。
わたしは生徒《せいと》たちの描《か》いている絵《え》を見《み》ながら、ゆっくりと歩《ある》く。

春輝《はるき》くんのいない毎日《まいにち》が、当《あ》たり前《まえ》になってる。それはきっと春輝《はるき》くんも同《おな》じで……。
立《た》ちどまったわたしは、窓《まど》の外《そと》に目《め》をやった。
春輝《はるき》くんの未来《みらい》に、わたしはいるのかな……。

『ずっと待《ま》ってる』
春輝《はるき》くんがアメリカに旅立《たびだ》つ日《ひ》、高台《たかだい》で送《おく》ったメッセージ。

あの日《ひ》から、わたしたちのやりとりはとまったまま。

わたしたちの時間《じかん》は、あの時《とき》、とまったまま……。

メッセージの着信音《ちゃくしんおん》に気《き》づいて、わたしは携帯《けいたい》をたしかめる。

「えっ!?」

思《おも》わず出《で》た声《こえ》に、生徒《せいと》たちが絵《え》から顔《かお》をあげた。

「美桜《みおう》ちゃん先生《せんせい》、どうかした？」

「あ……ううん、なんでもない」

笑顔《えがお》をとりつくろって答《こた》えたけど、その後《あと》もずっと気持《きも》ちがソワソワして落《お》ちつかなかった。

部活《ぶかつ》を途中《とちゅう》で抜《ぬ》けだしたわたしは、屋上《おくじょう》にむかう。そこで、なっちゃんに電話《でんわ》をかけた。

「なっちゃん、本当《ほんとう》？」

「マジ本当《ほんとう》！　優《ゆう》が海外《かいがい》の映画賞《えいがしょう》、ネットでチェックしてて、春輝《はるき》がなんとか映画祭《えいがさい》で、新人監督賞《しんじんかんとくしょう》をとったって！　日本人初《にほんじんはつ》の快挙《かいきょ》だって！」

なっちゃんの声《こえ》も興奮《こうふん》している。わたしの心臓《しんぞう》もドキドキしていた。

「そっか……そっかぁ」

うれしくて、わたしはそれ以上言葉《いじょうことば》にできない。その時《とき》、チャイムが鳴《な》った。


「あ、まだ学校《がっこう》？」

「うん、またあとでね。連絡《れんらく》、ありがとう」

電話《でんわ》を切《き》ると、わたしは熱《ねつ》をもった手《て》で携帯《けいたい》を握《にぎ》りしめた。

すごい！　すごい！　春輝《はるき》くん、ホントに、監督《かんとく》に……！

夢《ゆめ》をまた一つ、かなえたんだ。あの日《ひ》、黒板《こくばん》に描《か》いた夢《ゆめ》を……また一つ。

どうしよう、おめでとうって言《い》いたい……会《あ》いたい……でも……。


学校《がっこう》が終《お》わったあと、わたしの足《あし》は自然《しぜん》とあの高台《たかだい》の階段《かいだん》にむかっていた。

そこで、携帯《けいたい》の画面《がめん》を見《み》つめる。

待《ま》つって、決《き》めたんだ。

携帯《けいたい》を持《も》つ手《て》に、ギュッと力《ちから》をこめる。

なにがあっても、応援《おうえん》するって……わたしと春輝《はるき》くんの物語《ものがたり》がつながらなくても……。

くちびるを引《ひ》きむすんでわたしはうつむく。


――その時《とき》だった。

「合田《あいだ》せんせー」

わたしはその声《こえ》にハッとする。

ふりかえると、そこにいたのはサングラスをかけた男《おとこ》の人《ひと》だった。

その人《ひと》はサングラスを外《はず》すと、わたしをまっすぐに見《み》る。


うそ……なんで……？

わたしは両手《りょうて》で自分《じぶん》の口《くち》もとをおおった。

言葉《ことば》をなくしていると、その人《ひと》は――春輝《はるき》くんは、「よっ！」と笑《わら》った。

「ただいま、美桜《みおう》」

ああ、やっぱり……春輝《はるき》くんだ。

胸《むね》のなかが熱《あつ》くなり、目頭《めがしら》に涙《なみだ》がたまっていく。

「は……はる――」

名前《なまえ》を呼《よ》びたいのに、声《こえ》がふるえてしまって最後《さいご》まで言《い》えなかった。

かわりにしゃくりあげて、わたしは泣《な》きだす。

七年《ねん》ぶりの想《おも》いが全部《ぜんぶ》、涙《なみだ》になって落《お》ちていく。そんなわたしに春輝《はるき》くんが一歩《ぽ》、歩《あゆ》みよった。

「美桜《みおう》……ただいま」


おかえり……春輝《はるき》くん!!


わたしと春輝《はるき》くんは、あの日《ひ》のようにならんで座《すわ》る。

おたがいの手《て》と手《て》のあいだの10センチも、あのころのまま。

「アメリカっておもしろいやつらばっかでさ。オレも負《ま》けてらんねー！　って、すっげー刺激受《しげきう》ける」

「充実《じゅうじつ》してるね。お休《やす》みは、いつまでなの？」

わたしがきくと、春輝《はるき》くんは少《すこ》しばつが悪《わる》そうに頭《あたま》をかいた。

「あー、いや……実《じつ》は仕事《しごと》、ほっぽりだして来《き》ちまった」

「えっ!?　大丈夫《だいじょうぶ》なの!?」

「たぶん、あとで連絡《れんらく》はするから。それより……美桜《みおう》に言《い》いたいことあって」

春輝《はるき》くんはわたしのほうを見《み》て、あらたまった顔《かお》をする。

「ロスの映画祭《えいがさい》で、新人監督賞《しんじんかんとくしょう》、とったんだ！」

「あ……うん、おめでとう」

「あれ？　おどろかねえの？」

「なっちゃんからきいたから……」

「マジかよ。あいつら〜。あいかわらず、おせっかいすぎ！」

春輝《はるき》くんはかわってないな。大人《おとな》びていて最初《さいしょ》はびっくりしたけど、やっぱり……。

春輝《はるき》くんは春輝《はるき》くんのまま。あのころのままだね。

「おめでとう、春輝《はるき》くん。夢《ゆめ》……かなったね」

わたしがほほえむと、春輝《はるき》くんもうれしそうな笑顔《えがお》になった。その瞳《ひとみ》がまっすぐにわたしを見《み》つめてくる。

「受賞《じゅしょう》が決《き》まったってきいて、ソッコー飛行機《ひこうき》に飛《と》びのった。一番《ばん》に知《し》らせたかったんだ……美《み》桜《おう》に」

わたし……に？

ドクンと心臓《しんぞう》がはねる。春輝《はるき》くんがわたしの手《て》に、自分《じぶん》の手《て》をかさねた。


「え？」

わたしは緊張《きんちょう》して、春輝《はるき》くんの顔《かお》を見《み》る。

「……会《あ》いたかった……七年間《ねんかん》、ずっと……」

ギュッとにぎりしめられた手《て》が、熱《あつ》かった……。

これは、夢《ゆめ》じゃないよね？

「ずっと、美桜《みおう》が好《す》きだ」
真剣《しんけん》な目《め》をして見《み》つめてくる春輝《はるき》くんから、
わたしも目《め》をそらせない。
ゆっくり、距離《きょり》がちぢまっていく。
たった、10センチ。その距離《きょり》をちぢめるのに、
こんなにも時間《じかん》がかかったね……。

『わたしもずっと……』
わたしは結《むす》んだ手《て》をしっかりと握《にぎ》りかえした。
もう、はなれてしまわないように……。

ようやくかさなりあった、わたしたちの物語《ものがたり》。

この先《さき》の未来図《みらいず》は、『春輝《きみ》くん』と二人《ふたり》で――。
この先《さき》の未来図《みらいず》は、『美桜《きみ》』と二人《ふたり》で――。

角川つばさ文庫

香坂茉里／作

フリーライター。HoneyWorks原作の劇場版アニメ『ずっと前から好きでした。～告白実行委員会～』と『好きになるその瞬間を。～告白実行委員会～』のノベライズを手がける。著作に、『告白予行練習　恋色に咲け』『告白予行練習　ハートの主張』『告白予行練習　イジワルな出会い』（角川ビーンズ文庫）など。

「僕10」製作委員会／カバー絵

『いつだって僕らの恋は10センチだった。』アニメーションスタッフ
原作／音楽:HoneyWorks、総監督:難波日登志、監督:塚田拓郎、シリーズ構成:成田良美、キャラクターデザイン:藤井まき・常盤健太郎、アニメーション制作:Lay-duce、製作:「いつだって僕らの恋は10センチだった。」製作委員会

モゲラッタ／挿絵

HoneyWorksサポートメンバー。イラストレーター。HoneyWorksの楽曲「竹取オーバーナイトセンセーション」「ママ」などの動画イラストを手がける。また「竹取オーバーナイトセンセーション」ではコミカライズも担当。

ろこる／挿絵

HoneyWorksサポートメンバー。イラストレーター。HoneyWorksの楽曲「イノコリ先生」「暁月夜―アカツキヅクヨ―」「タナタロ」などの動画イラストを手がける。

角川《かどかわ》つばさ文庫《ぶんこ》　Cこ2-3

いつだって僕《ぼく》らの恋《こい》は10センチだった。

原案《げんあん》 HoneyWorks《ハニーワークス》 作《さく》 香坂茉里《こうさかまり》
カバー絵《え》「僕《ぼく》10」製作委員会《せいさくいいんかい》 挿絵《さしえ》 モゲラッタ／ろこる

2018年 1 月15日　初版発行
2018年 5 月23日　4 版発行
発行者　郡司 聡
発　行　株式会社KADOKAWA
〒102-8177　東京都千代田区富士見 2-13-3
電話　0570-002-301（ナビダイヤル）
印　刷　大日本印刷株式会社
製　本　大日本印刷株式会社
装　丁　ムシカゴグラフィクス

Printed in Japan
ISBN978-4-04-631759-9　C8293　　N.D.C.913　255p　18cm

読者のみなさまからのお便りをお待ちしています。下のあて先まで送ってね。
いただいたお便りは、編集部から著者へおわたしいたします。

〒102-8078　東京都千代田区富士見 1-8-19　角川つばさ文庫編集部